替身愛人

藍色水銀、安塔、林靚、雪倫

合著

天空數位圖書出版

目錄

每個人都是孤獨的

我的老師

忘不了那短暫的時光

替身愛人

作者：藍色水銀

第一章　晴天霹靂

　　小兒科診所裡，一個年輕的護士，一身白色的制服、凹凸有致的身材、短短的頭髮、白皙的皮膚、水汪汪的大眼、圓圓的鼻頭、略厚的下唇、上唇微張露出一點點潔白的牙齒，始終面帶微笑的她顯得十分性感，但其實她的個性十分凶悍，醫師知道她的個性之後，便只敢和她談公事，也不敢正眼看她，跟同事之間的互動也僅止於噓寒問暖。

　　阿信把他的車子停在診所門口，護士下班了，她走到車子旁邊，敲了車窗。

　　「小雪，不上車嗎？」

　　「我今天要回家。」小雪用甜美的聲音回答。

　　「我載妳回去。」

　　「不用了，我搭公車就好了。」小雪心情似乎不好。

　　「妳有心事？」

「沒有！」但她嚴肅的表情瞞不了阿信。

「真的不要我載？」

「不要。」

「好吧！到家後告訴我。」

「知道了！」他知道小雪一定有事，正在納悶的時候，小雪騎著機車從他眼前奔馳而去，一隻流浪狗從馬路旁竄出並直接撞倒小雪的機車，倒地的小雪根本不知道發生了什麼事，一部砂石車恰巧在她旁邊，此時小雪的頭部已經在輪胎旁邊，砂石車並不知道有人倒在車下而繼續行駛，小雪的頭當場被碾過，阿信在五十公尺外，看到小雪倒地趕緊下車跑向小雪，但小雪已經死了，頭部嚴重變型、腦漿迸出、大量的血慢慢流出，當救護車趕到時，阿信再也控制不住自己的情緒，眼淚奪眶而出，但他強忍住悲傷，拿出一張紙，寫了一些字交給了救護人員。

「她叫張映雪，這是她家裡的電話和她父親的名字，麻煩你們通知她的父親。」看著蓋上白布躺在地上的小雪，阿信的淚不停地流，他拖著沉重的步伐走回診所。

「王醫師，小雪剛剛出車禍死了。」

「什麼？在那裡？」阿信指著車禍的方向，接著就坐在車上自言自語：「為什麼？為什麼？」一直重複著，連續一整天都不吃不喝，也沒有離開車子。

這天大的打擊讓阿信意志消沈，時常到酒吧裡喝悶酒，頭髮留到過肩、鬍子已經半年沒刮，有時衣服好幾天沒換，常常被客人指指點點，但阿信眼神空洞，根本不知道旁人到底在說些什麼？只顧著喝酒。花了一年的時間，他勉強走出傷痛，開始工作，但其實也不算是工作，只是一些數據的分析，他仔細比對著兩部螢幕上的數字，並找出差異。

第二章　情人再現？

六年後，那是阿信三十歲的生日，他準備換一隻新的手機犒賞自己，當他坐在椅子上填寫資料的同時，一個熟悉的髮型和似曾相識的側臉出現在眼前，但那女孩不是小雪，正面看的時候，只有髮型和性感的嘴唇相似，她的眼睛比小雪的更大，

皮膚沒有小雪的白皙，膚質也比較差，但她已經觸動阿信的心弦。

「您的電話要明天下午才會到貨，這是收據。」那女孩拿出契約跟收據給阿信，並微笑地看著阿信。

「謝謝！明天見。」

「BYE-BYE！」

第二天下午，阿信準時到中華電信拿手機。

「謝謝妳這麼詳盡的解釋。」

「應該的。」

「我可以交妳這個朋友嗎？」

「你想泡我？」阿信點頭，心想，有那麼明顯嗎？

「我脾氣很壞的。」

「那又怎樣？」阿信似乎真的想跟這女孩談場戀愛。

「我有很多壞習慣喔！」女孩似乎想讓阿信打退堂鼓。

「每個人都有自己的習慣！」

「會撞球嗎？」

「稍微懂一點。」

「好，明天晚上八點，在趙豐邦開的球館，先進一百顆的人贏，打得贏我，我就跟你約會。」

撞球館裡煙霧迷漫，許多人都在抽煙，阿信在小雪死後就戒煙了，但他不在意二手煙，這時那個女孩出現了，白色的 Polo 衫，鈕扣沒扣，露出一點點的天藍色內衣。

「阿信，叫我阿信就行了，還沒請教？」

「你贏了，就會知道我的名字，如果輸了，就回家哭吧！」

「需要練習嗎？」

「不用，排球吧！」阿信把白球輕輕滾到女孩面前，把十五個球用三角木框排好，並低下身子把木框放到球檯下，起身的時候，女孩已經趴在球檯上，豐滿的胸部露出一半在藍色內衣之外，阿信的眼睛差點掉出來，打了幾分鐘後，阿信估計她

的球技算是一般，一桿大約可以進三至七球之間，但自己的程度也差不多。

「換你了。」女孩說完拿出一包七星淡煙，點燃之後深深吸了一口再吐出來，接著聚精會神的看阿信撞球。

為了要追求這個女孩，阿信非常專注的出桿，他刻意將下巴輕輕接觸球桿，也就是下巴比平常打球要低個幾公分，因此今天比平常的水準略高，幾乎每次都是進六到十顆，最後，阿信以一百比六十三拿到約會的門票。

「沒想到你的球技還不錯，我叫李怡峰，叫我小峰就行了，這是我的名片，我們去喝杯酒吧！」阿信接過名片，看了之後便收進皮夾裡。

第三章　螺絲起子

兩人走進了名叫"螺絲起子"的酒吧裡，也點了兩杯螺絲起子，也就是柳橙汁與伏特加。

「乾杯。」小峰說。

「再來一杯？」阿信問。

「好啊！」就這樣，兩人各喝了七杯。

「我又不漂亮，你喜歡我那一點？」小峰問。

「妳的眼睛很美，嘴唇微張很性感！聲音很甜美，還有，妳的髮型很特別。」

「騙人，我那裡性感了？」

「我是說真的。」

「我才不信，你一定在說謊！」說完之後小峰便醉倒在沙發椅上。

「有人知道她住在那裡嗎？」阿信走到吧台前問道。

「你是說小峰？」一個女孩回答阿信的問題，阿信點頭。

「等我下班，我們一起把她載回去，你是？」

「妳好，我是阿信。」

「阿信？哈～這麼巧？」

「怎麼了？」

「她剛失戀，前男友也叫阿信。」

「喔！」阿信愣了一下。

「你想泡她？」

阿信點頭。

「小峰很脆弱的，如果你只是玩玩而已，我希望你現在就停手。」

「不知道，我今天第一次跟她約會，沒想到只聊了幾句，她就醉了。」

「你看我的眼神充滿了侵略性，你也想泡我嗎？」

「妳是蠻漂亮的，有點像蘇慧倫，不過，不是那種可以讓我癡狂的型。」

「小峰是嗎？」

「算吧！我去辦電話的時候，被她電到了。」

「唉！孽緣啊！沒想到小峰還是栽在電眼、大鼻子的帥哥手中。」

「此話怎講？」

「你這麼聰明，怎麼可能不明白！」

「妳是說，我跟她的前任有相同的地方？」

「豈止像而已，是非常像，只差你的嘴巴很小，她的前任嘴巴比較大而已，我一看到你，就知道小峰又戀愛了。」

「問妳一個蠢問題，小峰在撞球的時候，都不扣上衣的鈕扣嗎？」

「什麼？她已經讓你看她的北半球？」女孩大吃一驚，只見阿信點頭不語。

「完了，不是她電到你，而是你電到她了。」

「這麼說，她也喜歡我嘍？」

「廢話！如果你敢傷她的心，我一定閹了你！」

「這麼嚴重？」阿信似乎不太相信。

「我是認真的。」

「我懂了，還沒請教？」

「佳雲，人土土的佳，天上的雲，也有人叫我土土妹。」

「妳？這麼漂亮叫土土妹？」阿信笑了出來並指著佳雲說。

「嗯！懷疑嗎？」阿信點頭。

「時間到了，幫我把小峰抬上你的車。」

「我用抱的就好，妳只要幫我開門，這是鑰匙。」

「行不行啊！」佳雲看著癱軟的小峰被阿信抱著。

「沒問題的，把後門打開。」

「你開喜美？」

「對啊！二手車，很爛，經常故障，下個月應該就會換掉了。」把小峰放在後座之後，佳雲坐在阿信旁邊。

「想換什麼車？」

「三菱 LANCER 吧！我的同學說很好開。」

「不換好一點的？」

「我開不起，我的存款只有三百多萬，準備要買房子的。」

「哇！有錢人耶，我只有八萬多，看不出來你這麼屬害，怎麼存的？」

「其實我沒有工作，靠的是股票。」

「騙人，玩股票的到最後都很慘！」

「我有自己的公式，要賺錢不難。」

「真的嗎？我很懷疑。」

「五年前，我只有三十萬，到現在三百七拾萬，而且我每年還要支出三十萬的生活費。」

「借個五萬十萬花花，好嗎？」

「沒問題啊！只要妳幫我泡小峰。」

「放心啦！小峰喜歡你，一定沒問題的。」

「這裡應該有八萬多，留兩張給我就行了。」阿信從牛仔褲的口袋裡掏出一疊鈔票拿給佳雲。

「這麼乾脆？好，我一定幫你，停車！停車！往回倒一點，到了，找地方停車吧！」

「這麼近？」

「對啊！」

「幫我開車門，記得鎖門。」

「好。」

「往那裡走？」阿信抱著醉倒的小峰。

「跟著我吧！」

「有點遠。」出了電梯之後幾乎已經走到最後面。

「沒辦法，越裡面越便宜啊！」

「到了，等我一下。」

「找到鑰匙了。」佳雲把手伸進小峰的口袋裡。

第四章　暖男

門打開後，房間很凌亂，還有陣陣惡臭撲鼻。

「她剛失戀，別怪她。」

「沒關係，我來整理好了。」

替身愛人

「那我先回去嘍！」

「我要怎麼找妳？」

「這是我的電話。」阿信看著深藍色名片上，印著白色的字，螺絲起子、陳佳雲、地址、電話。

「BYE！」

「再見！」

阿信看著熟睡的小峰，她的側臉真的很像小雪，所以阿信回想起他跟小雪的事。

「她怎麼了？」小雪指著問阿信身旁的五歲小女生。

「不知道？一直咳嗽。」

「怎麼當爸爸的？」

「她不是我女兒，她的爸爸死了，媽媽腳扭傷，不方便帶她來，所以請我幫忙。」

「是真的嗎？」小雪看著小女孩問。

「阿信叔叔是我媽媽的朋友，住我家對面。」

「居然是真的？」小雪仍不相信。

「阿信叔叔，我要尿尿。」

「好，請護士姊姊帶妳去好嗎？」

「好！」這是阿信第一次看到小雪，但小雪已經不在了。

　　阿信開始整理小峰的房間，地板上有蘋果西打的空瓶、啤酒的空瓶、發臭的炸豆腐、鹽酥雞、麵條等，天啊！還有內褲？阿信好奇地拿起來聞了一下，有點味道了，他皺了一下眉頭，旁邊還有三件內褲、兩件內衣、三件褲子、五件短袖上衣、四件短裙跟一堆襪子，阿信找到了洗衣機，把衣服放下去洗，內衣褲則用水桶浸泡著，然後開始掃地、拖地。這時小峰醒了，不過她裝睡，偷瞄阿信在做什麼？然後暗自竊笑，心想，這次挖到寶了，這時，阿信正把洗好的內衣褲晾起來，小峰伸出舌頭心想：完了，他一定會覺得我很邋遢，怎麼辦？完蛋了啦！她用抱枕遮住自己的臉不敢再看。經過兩個小時的打掃，一房一廳的套房總算恢復正常，阿信留了一張紙條在茶几上，用玻璃煙灰缸壓著。

替身愛人

擅自做主整理妳的房間，還請見諒，明天下班接妳，我
們去吃晚餐。

阿信

　　阿信把門關上之後，小峰似乎有些失落，怎麼就這樣走了
啊？起身後發現字條，看完後從失落變成興奮，她高興的又叫
又跳，原來阿信並不在乎這房間裡的亂與臭。

第五章　菲力牛排

　　波士頓西餐裡，小峰望著菜單許久。

　　「怎麼了？」阿信問。

　　「都好貴。」

　　「別擔心，不論吃多少，都算我的。」

　　「你常來？」

　　「沒有，一年最多來一次吧！？忘了多久之前來過的。」

　　「我要菲力牛排七分熟。」阿信對服務生說。

16

「我也是。」

「喝什麼湯？酥皮濃湯好嗎？」阿信問。

「嗯！你幫我決定就好。」

「妳很緊張？」

「有嗎？」

「把菜單還給服務生吧！」

「喔！」小峰確實有點緊繃。

「昨晚真是抱歉，沒經過妳的同意，就幫妳整理房間。」

「該抱歉的人是我，醉成那樣，還讓你抱我回家，又麻煩你幫我掃地、洗衣服。」

「妳一定很愛那個男生吧？」

「誰告訴你的？土土妹嗎？」

「是的，妳跟她是？」

「我們曾經是同事，後來變成了無話不說的閨密，怎麼了？」小峰似乎很在乎土土妹說了些什麼？

「沒有，她那麼放心把我留在妳的套房，我有點意外。」

「其實是因為她已經很累了，只想趕快回去睡覺。」

「原來如此。」

「她還跟你說了些什麼？」

「我真的那麼像那個男生？」

「真多嘴。」小峰小聲的自言自語。

「別怪她，她很關心妳，也很了解妳。」

「我知道，沙拉送來了，先吃吧！」微光下的小峰，連正面也有點像小雪，阿信沒吃沙拉，眼睛直盯著小峰。

「怎麼不吃？」

「喔！沒事，我馬上吃。」而微光下的阿信，也彷彿是小峰前男友國正的翻版，但國正是個大男人，小峰必須事事遵從，相對於阿信的謙謙有禮，事事包容與尊重，阿信似乎已經得到小峰的心了。

「怎麼樣，今天的菲力牛排還可以吧？」

「很好吃。」

「以後只要妳想吃，我們就來。」

「好啊！不可以騙人喔！」

「為什麼妳會覺得我會食言？」

「沒有，只是直覺，我的直覺一向很準。」

「也許我是例外。」

第六章　兩個枕頭的秘密

「喜歡看夜景嗎？」甜點吃完之後阿信問。

「不喜歡，蚊子很多，我們去撞球吧！」

「好啊！」

　　小峰今天穿的是黑色的內衣，撞球的時候依舊露出北半球，因為這樣，隔壁桌的男生頻頻失誤，不過阿信倒是很鎮定，打出了超過平常水準的狀態，連球王趙豐邦都看了一下阿信打球，也微笑點頭向阿信致意。

「還玩嗎？」

「不了，可以去你住的地方嗎？」

「好啊！不過空盪盪的，傢俱還沒買齊。」

「沒關係，我只是好奇。」

「進來吧！不用脫鞋，我明天要拖地板。」

「你有兩台電腦？還是這裡有別人住？」

「只有我住在這裡，因為我需要交叉比對很多資料，所以才有兩台電腦。」小峰冷不防的衝到臥室，看到兩個天藍色的枕頭，起了疑心。

「你不是說一個人住，為什麼有兩個枕頭？」

「等時機到了，我就會告訴妳。」

「這麼神秘？」

「每個人都有秘密，不是嗎？」

「你真的喜歡我？」

「當然！怎麼了？」

　　「那你還等什麼？」小峰走到阿信面前，摟住他的腰，阿信意識到小峰的意圖，也摟住她，輕輕地吻小峰的唇，但小峰似乎迫不及待了，開始深吻，一陣擁吻之後，阿信抱起小峰往臥室走去。

　　「你不會覺得這樣的進展太快了嗎？」小峰跟阿信躺在床上聊天，她似乎已經迫不及待想更了解阿信。

　　「妳喜歡我，我也喜歡妳，既然如此，又怎會太快？」

　　「我可以搬過來住嗎？我的租約就快到了。」

　　「當然可以，只是我也有些壞習慣，妳能接受嗎？」

　　「應該沒有太大的問題，是什麼壞習慣？」

　　「我喜歡看看 A 片，尤其是一些漂亮的 AV 女優，逛街的時候會欣賞女生的身材或臉蛋。」

　　「所以你會很花心嗎？」

　　「不會啊！在妳之前，我已經六年沒有談戀愛，連朋友都很少聯絡。」

「那我也要在逛街的時候看帥哥，這樣才公平。」

「要不要看猛男演的 A 片？」

「才不要，又大又長的一根，誰受得了啊？」

「所以妳看過嘍？」

「跟土土妹一起看的，但我覺得很可怕，有時好幾個男人跟一個女人，都沒戴保險套，難道都不怕愛滋病嗎？」

「那是演戲，有多少男人願意跟很多個男人共享一個女人呢？」

「說的也是。」

第七章　同居

三天後，小峰的東西全都搬好了，阿信買了梳妝台、衣櫃、沙發、電視、冷氣，迎接小峰的來臨。這是他們同居的第一天，小峰遲遲不肯卸妝。

「還不卸妝？要睡覺了。」

「你不怕看到我的另一面？」

「早晚都會看到的，妳又何必堅持！」於是小峰坐在梳妝台前卸妝。

「這樣比較清純，我更喜歡。」阿信站在她後面說。

「就知道你會這麼說。」於是，兩人的第二次做愛，是同居的第一天，在小峰卸妝之後。

「我想辭職，我不適合這份工作。」電視機裡播放的是康熙來了，不過兩人都沒在看。

「那妳想做什麼？」

「我想休息一陣子。」

「可是最近我會很忙，不能帶妳出去玩喔！」

「沒關係，我也想知道，你到底在忙什麼？為什麼要一直輸入資料？」

「就驗證公式跟修正公式而已啊！」

「這樣就能賺錢？」

「當然，我從高中就投入數據分析，已經十四年了，參考三百多本專業的書，融會貫通。」阿信指向書架。

「所以，你已經三十幾歲了？」

「三十二。」

「我以為你跟我差不多年齡，我現在二十一歲，所以，你是數字狂嗎？」

「算是吧！泡茶算時間、拍照算快門時間、連做愛都算時間。」

「什麼？為什麼？」小峰張大眼睛看著阿信。

「太快，妳會不滿足，我會自卑，太久，妳那裡會乾掉，兩個人都會痛。」

「所以，你可以更久？」

阿信點頭。

「我不信，現在就來證明。」話才說完兩人開始了一場長達兩小時多的翻雲覆雨，當然，小峰最後投降了。

第八章 月曆上的記號

　　牆上的月曆，上面有十四個圈圈，代表這個月兩人做愛的次數，其中五個是塗黑的，代表的是時間超過兩小時，小峰手拿麥克筆塗上今天的記號，赤身回頭看著阿信。

　　「沒想到你這麼厲害，想要多久就多久！」

　　「也不是這樣，如果超過五天沒做，大概一分鐘就不行了。」

　　「差這麼多？」

　　「對啊！」

　　小峰一臉納悶地看著阿信。

　　「等等我想去找土土妹，可以跟我一起去嗎？」

　　「好啊！」

　　「開你的新車去，順便載她下班。」

　　「沒問題。」

替身愛人

「聽小峰說，你們已經同居四十天了。」螺絲起子酒吧裡，三人在聊天，阿信點頭回應。

「怎麼樣？小峰還合你的味口嗎？」

「怎麼這樣說人家啦？我又不是食物。」阿信笑得很大聲，不過小峰給了他一個白眼。

「佳雲，等等去墾丁好嗎？」小峰問。

「我們沒帶衣服耶。」阿信說。

「先載我回去，然後再回你們住的地方。」佳雲說。

「好。」

車上，兩個女孩在後座聊天，不時傳來笑聲，不過阿信聽不到她們在聊什麼？三個小時後，車子已經到了屏東縣車城的海邊，這時是凌晨四點四十八分，天微微亮，風平浪靜，海水跟天空的顏色很相近，非常漂亮，遠方有三艘小漁船，阿信把車停好，一個人看著這一幕，兩個女孩都累了，在車上睡覺。

　　阿信想起曾經跟小雪來這裡看日出，那時兩人過得非常甜蜜，出雙入對，總是手牽手，偶爾在街頭擁吻曬恩愛，不介意別人的眼光，但那美麗的時光永遠回不來了。

第九章　爭風吃醋

　　南灣的沙灘上，有許多遊客，嘻鬧聲與尖叫聲夾雜著，阿信穿著深藍色泳褲，皮膚很白，但雙臂是黝黑的，小峰跟佳雲都穿著比基尼在玩水，小峰穿著天藍色的泳裝，佳雲則是穿粉紅色的，佳雲濕著身體走到阿信身旁。

　　「有水嗎？」阿信從小冰箱拿出一瓶可樂遞給佳雲。

　　「你覺得我跟小峰，誰比較漂亮？」

　　「妳比較漂亮，可是我比較喜歡小峰。」

　　「哇！好傷人！」

　　「怎麼？妳那麼脆弱？」

　　「沒有。」

「如果沒有遇到小峰，而是遇到我，你會喜歡我嗎？」佳雲喝了一口可樂，接著又說。

「這是考驗嗎？還是小峰設計好的考題？」

「你想知道原因嗎？」

「說來聽聽。」

「其實我跟小峰本來不是閨密，而是情敵！」

「什麼？」阿信的下巴差點掉下來。

「我們有一個共同的男友國正，但他告訴小峰，叫他國信，或是阿信，直到情人節那天，他分身乏術，五個女友把他搞到抓狂，這件事才曝光，我跟小峰是在那天認識的。」

「後來怎麼了？」

「我們兩個都喜歡撞球，所以成了好朋友。」

「在聊什麼？」小峰濕著身體跑向兩人問道，但兩人都沒回答。

「有秘密喔！說，不然晚上你自己睡。」

阿信看了一下佳雲。

「我把我們跟國正的事告訴他了。」佳雲說，小峰瞪著佳雲，彷彿說：怎麼那麼多嘴！誰叫妳說的！不說是會死！於是三人都沒再說話，直到進旅館。

「兩間房。」旅館櫃檯前，阿信跟櫃檯小姐說。

「一間就好，床要大一點的，有嗎？」小峰說完阿信愣了一下，不知如何是好。

「六尺八尺夠大嗎？」

「勉強。」

第十章　齊人之福？

「可以告訴我，這是怎麼回事嗎？」房間內，阿信問。

「我們先沖一下身體，等一下再換你。」於是兩個女孩一起進了浴室。

當阿信沖洗完畢走出浴室的時候，他又愣住了，因為兩個女孩都一絲不掛的躺在床上。

「誰可以告訴我，這是怎麼一回事嗎？」小峰用右手食指
示意阿信過去，阿信靠近她時，佳雲靠了過來，親了阿信的臉
跟耳朵，接著又脫去他的衣物，小峰不只沒有阻止，反而把阿
信推往佳雲身上，阿信轉頭看著小峰，但小峰用食指指著佳雲，
並用手把他的臉推向佳雲，於是三人行，就在兩個多小時內進
行著。小峰要阿信先跟佳雲親熱，之後才加入床戰，當三人都
筋疲力盡之後，一起走進浴室，也一起走出來，阿信睡中間，
兩個女孩一人一邊。

表面上，小峰跟佳雲看起來相處的很好，但實際上在一天
前，小峰打電話給佳雲並不是這樣的。

「怎麼樣？這個阿信比上一個阿信好嗎？」佳雲說。

「妳怎樣這樣說啦？」

「不然呢？妳明知道我也喜歡這個男人。」

「他很體貼，床上功夫也很好，我很喜歡他。」

「妳把他說的這麼好，我好嫉妒！」

「妳想怎樣？」

「我想把他搶過來啊！」

「妳怎麼這樣？他喜歡的人是我。」

「男人是用下半身思考的，我不信我沒有辦法讓他臣服在我的裙下。」

「妳敢？」小峰大聲回應。

「為什麼不敢！妳跟他又還沒登記。」

「好，那就先一人一半，公平競爭。」

「誰要跟妳公平競爭了，住一起、睡一起、做愛也要一起，看他到底喜歡誰？輸的人離開。」

「好，明天去墾丁，讓妳見識一下他的金槍不倒。」

「誰怕誰，哼！」原來，阿信遇到的不是齊人之福，而是兩個女孩之間的戰爭。

第十一章　開戰

　　第二天早上，阿信醒來的時候，兩個女孩還抱著他，好不容易離開床上，滿地的衣物讓他想起昨夜的激情，但他怎麼樣也想不透，這到底是怎麼一回事。吃早餐的時候，阿信聞到了兩人之間濃濃的火藥味，不過，他又能怎麼辦呢？

　　「阿信，你覺得我跟佳雲，誰比較漂亮？」阿信愣了一下，沒有回答。

　　「你昨天不是說我比較漂亮！」佳雲插嘴。

　　阿信還是沉默不語。

　　「你真的這麼說？有沒有？」小峰怒氣沖沖瞪著阿信。

　　「等等，我承認我有說過佳雲比較漂亮。」

　　「妳看吧！」話還沒說完就被佳雲打斷，這時的小峰已經氣得七孔冒煙，巴不得掐死阿信。

　　「讓我把話說完好嗎？」阿信說。

　　「不行，你到底喜歡誰？」佳雲問。

「我喜歡小峰，但我覺得佳雲比較漂亮，這是昨天的對話，滿意了嗎？」

「昨天在床上，誰讓你比較嗨？」佳雲問。

「我可以不回答嗎？」

「不行！」兩個女孩齊聲回答。

「你一定要選一個。」小峰說完阿信陷入沉默了，兩個女孩開始妳一言我一語，互相攻擊謾罵，阿信只好冷處理，把她們當成空氣，開始吃起漢堡，配著黑咖啡，望著窗外的風景，兩人發現阿信根本沒在聽之後，轉成溫柔攻勢，於是三人又回到床上激戰了一個半小時。

「快說，誰讓你比較嗨？」佳雲問。

「妳們到底想怎樣？」

「吃一起、住一起、睡一起、做愛也要一起，直到有人認輸退出！」小峰說。

「土土妹，妳也這麼認為嗎？」

「沒錯！我跟小峰確實曾經這麼說過。」

「這不是為難我嗎？」

「讓你一次跟兩個美女做愛還嫌？」佳雲說，阿信又陷入沉默，此時的他進退兩難。

「不然一天跟一個睡，第三天一起睡。」佳雲說。

「我又不是超人。」

「這樣好了，一天做，一天不做，做的順序用輪流的。」小峰很認真的說，但阿信沒在聽。

「好，就這麼決定了。」佳雲說。

第十二章　三人同住

就這樣，佳雲也搬進阿信的房子，阿信只好訂製一張六尺九尺的床，再買梳妝台、衣櫃，這下子，可真的是三人行了，只是阿信的賺錢方式遇到麻煩了，自從兩個女孩住進來，股市就幾乎不漲也不跌，一直維持在四千多點左右，阿信的存款漸漸流失，只剩下三百萬左右，這讓他很頭痛。

「開個會議，好嗎？」吃飯的時候，阿信說。

「什麼事？」小峰問。

「股票已經快兩年都沒動，所以我賺的錢已經沒辦法維持我們的生活，妳們必須去工作一陣子，等股票漲一陣子，妳們就可以不必再工作了。」阿信語重心長地說。

「那要多久？」小峰問。

「也許一年，也許三年。」

「那麼久？」佳雲說。

「沒辦法，我們三人的開銷，一個月超過六萬，可是現在股票不動，我賺不到錢。」

「好吧！我明天就回酒吧上班。」佳雲說。

「我也回中華電信當櫃台。」小峰似乎有點失望。

「很好，我們達成共識了，吃飯。」

就在兩個女孩上班沒幾天，阿信獨自開車到一處公墓，拿著一束花，走到一個墓前，那是小雪的墓。

　　「小雪,我好想妳。」阿信放下那束花,看著小雪的照片,想著兩人過去的歡樂時光,就在此時,小峰出現了。

　　「她是誰?怎麼這麼像我?」小峰問。

　　「她就是另一個枕頭上的女孩。」

　　「所以,我只是她的替身?對嗎?」

　　「一開始是的,不過,現在的我,對妳是真心的。」

　　「你怎麼可以騙我騙這麼久?」小峰拉著阿信用力搥了他的胸部。

　　「冷靜一點好嗎?」

　　「你要我怎麼冷靜?」

　　「妳不也把我當成國正。」

　　「那不一樣,我喜歡你的謙謙有禮,你真的讓我神魂顛倒。」

　　「所以呢?妳現在要因為她離開我嗎?」

　　「我不知道!」說完之後小峰便轉身離去,眼淚直流。

第十三章　再度醉倒

「螺絲起子」酒吧裡，小峰一個人坐在角落的沙發上，桌上八杯螺絲起子，她一杯又一杯的喝光它們，正當她淚眼迷濛的時候，阿信走進酒吧，他走向佳雲，沒看到小峰。

「有看到小峰嗎？」阿信問。

「在那邊，已經醉倒了，她怎麼了？」

「看到不該看的事了。」

「什麼事？」

阿信把今天在公墓發生的事，一五一十的告訴佳雲。

「這麼脆弱，跟一個死人吃什麼醋啊？」

「那我呢？你又把我當成什麼？」

「妳真的想知道？」

「當然。」

「妳不要後悔。」

「才不會。」

「好，仔細聽。」

「快說，別賣關子了。」

「其實在小雪之前，我曾經有別的女朋友，她跟小雪、小峰一樣，留著短髮，皮膚黝黑，但五官很像妳，所以第一次看到妳的時候，我的眼光具有侵略性，沒錯，我那時就在想，我到底要追妳還是小峰？」

「這麼說，我和小峰都是替身而已了。」

「妳看，妳後悔了吧！」

「才沒有，後來那個像我的女生呢？」

「她跟一個同性戀在一起，然後就離開我了。」

「你喜歡那個像我的女生嗎？」

「當然，她離開我的時候，我難過了好幾年。」

「這麼癡情？」

「妳不信？」

「信啊！那你打算怎麼面對我跟小峰？」

「我不知道？要妳們和平相處，好像非常難。」

「知道就好！其實我也很矛盾，我一直把你當成國正。」

「那你喜歡我嗎？」

「非常喜歡，所以才矛盾啊！」

「陪我喝幾杯。」

「好啊！」

「你剛剛的故事是真的嗎？」兩人各喝了五杯螺絲起子後，佳雲問。

「當然是真的。」阿信說。

「這下慘了，我們三個人都愛上了替身。」

「敬替身。」說完又喝了三杯。

「你的酒量真好，不過，我不行了。」佳雲也醉倒了。

阿信只好請酒吧老闆幫他開車門，並一次背一個女孩上車，千杯不醉的阿信其實也有點醉了，只是他靠著意志力硬撐，兩分半鐘的車程還好沒發生意外。

第十四章　冷戰

「吃飯了。」小峰轉頭不語，佳雲則上班去了。

「怎麼了？」阿信走到她面前，小峰又轉頭。

「好吧！不吃就算了，我爸住院，我要去醫院照顧他十幾天，好好照顧自己。」說完阿信就離開。

阿信不在家的這十幾天，兩個女孩也沒什麼交集，都沒有談話，就像是陌生人般。就在阿信回來的前一晚，小峰帶了簡單的行李回苗栗公館的老家，但沒有留下字條，佳雲雖然心情不好，但阿信對她們兩人很好是真的，是不是替身，真的那麼重要嗎？而且會走到現在的地步，還不是因為自己的不甘心與好強。

「媽，我回來了。」小峰回到苗栗公館的老家。

「怎麼變這麼瘦？」

「減肥啊！」

「妳是我女兒，騙不了我的，有什麼心事？」

「我愛的男人，只是把我當替身。」

「那他對妳好嗎？」

「好是好！可是他心裡還有別的女孩。」

「這樣啊！現在這個女孩呢？」

「已經死很久了。」

「原來是這樣，如果我是妳，我一定會好好珍惜這個男人的。」

「為什麼？」

「這樣的癡情種很少啦！」

「可是，他是因為我像那個女孩才追我的。」

「真的嗎？妳說的是真心話？」

「他長的很像國正，所以，一開始我也把他當替身。」

「妳看吧！我就知道沒那麼簡單。」

「還有更複雜的。」

「怎樣複雜？」

「我跟我的閨密都愛上他，現在三個人住在一起。」

「這樣啊！妳老實說，是不是妳跟妳的閨密逼這個男人接受這樣的關係的？」

「妳怎麼知道？」

「很簡單啊！這男人對妳很好，所以不可能要求三人行。」

「那妳說，我該怎麼辦？」

「妳愛他嗎？」

「很愛。」

「那就對了，妳還想怎樣？」

「可是，我不願跟別人分享他。」

「這我幫不了妳，因，是妳自己種的，苦果就要承擔。」

「媽，如果是妳，妳會怎麼做？」

「我已經給妳答案了啊！我會好好珍惜這個男人。」

「唉呦！說了等於沒說。」

「不，該是妳付出真心的時候了。」

「妳怎麼知道我沒有真心愛他！」

「妳不用騙自己了，想愛就愛，想放手就放手吧！」

「我知道了。」

第十五章　妥協

「土土妹，有空嗎？」小峰走進“螺絲起子”酒吧裡。

「當然有。」

「我們三個住在一起多久了？」

「一年半。」

「這麼久了？」

「怎樣？妳想放棄了？」

「不是。」

「然後呢？」

「這樣下去不是辦法！我快瘋了。」

「怕瘋就趕快放棄。」

「我才不要。」

「那妳想怎樣？」

「既然我們兩個都愛他，誰也不願放手，那就組織一個真正的家庭吧！」

「我不懂妳的意思。」

「我想幫阿信生個小孩啊！」

「我也要。」

「這樣很公平。」

「兩個都在，太好了，我有事宣布。」阿信說。

「最近股票行情不錯，我賺了一些錢，我想買下這裡。」

「不行，這裡太小了。」佳雲說。

「為什麼？」

「我們兩個剛剛決定，要幫你生小孩。」

「什麼意思？」

「意思就是你要讓我們兩個都變成媽媽！」阿信搔搔頭心想：這是什麼情形。

「還不快上床。」小峰說。

已經兩週沒有做愛的阿信，很快就繳械給小峰，而佳雲也在四十分鐘後讓阿信達到高潮。

「今天怎麼這麼不中用？」小峰問。

「我以前跟妳說過了啊！只要超過五天沒做就是這樣。」

「喔！我忘了。」

「明天起，就開始找房子。」阿信說。

「好啊！」

預售屋的臨時服務處，阿信跟已經懷孕五個月的小峰、佳雲走進去，準備詢問關於房子的事，一個短髮的女孩走過來，阿信盯著她看，心中一陣悸動，是那個為了跟同性戀一起而跟自己分手的女孩。

「是妳，柔柔，最近還好嗎？」

「還不錯，你呢？」

「娶了兩個老婆，都快生了，所以我想趕快買一間大一點的房子。」

「這麼厲害？」柔柔驚訝的看著阿信比著身後的小峰跟佳雲。

「我可以加入你的家庭嗎？」柔柔接著說。

「妳說什麼？」阿信一臉疑惑看著她。

「她們兩個，一個像我，一個像小雪，我沒說錯吧！」

「別開玩笑了，我們現在過得很幸福。」

「可是我不幸福！」

「然後呢？我已經跟她們在一起了，妳想清楚喔！」

「不必想，你會對她們兩個好，就一定還會像以前一樣對我那麼好。」

「都這麼久了，妳又何必現在才來為難我！」

「沒關係，我不介意家裡多一個人。」佳雲說。

「我也不介意。」小峰也說。

「什麼？妳們開玩笑的吧？」阿信又搔頭，搞不清楚到底怎麼一回事。

「當然不是開玩笑。」小峰說，佳雲則是點頭，三個女人開始討論房子的事，把不知所措的阿信晾在一旁。

～ 完 ～

替身愛人

每個人都是孤獨的

作者：安塔 Anta

替身愛人

現在幾點了，有什麼重要的？

世界曾因你而旋轉，跟著你天灰地暗。

第一章　珊珊的日常

鈴…鈴…鈴…（鬧鐘聲）

早晨七點鐘。

珊珊立即起床將鬧鐘關掉，聽到鬧鐘的聲音一直是珊珊的惡夢。將鬧鐘關掉後馬上又回到床上蓋好被子闔上眼睛，是每天早晨會發生的事，珊珊每天都會催眠告訴自己，再讓我躺個幾分鐘吧。

相隔半小時後……

珊珊再次睜開眼睛，起身拿起鬧鐘：啊！心中大叫一聲。又是衝衝忙忙進浴室然後換衣服擦上一點淡妝出門。完全準備完之後，沿著樓梯一階一階快速地反覆踏在水泥階梯上，珊珊

的半高跟鞋踩在水泥地上傳出啪！啪！啪！的聲音，還在睡夢中的住樓下的朵兒經常被珊珊的急促腳步聲吵醒，朵兒在床上依然兩眉一皺露出不悅神情。而珊珊快速地走到一樓門口後便騎上 110cc 的摩托車插上鑰匙往公司方向離去，急忙的速度，還沒等摩托車熱身，只見油門轟！隆！聲響漸漸在空氣中淡去。

嗶～公司的打卡鐘顯示八點十三分。

「妳又遲到了！錢真的太多了喔～」同事阿德說。阿德是公司裡的老實又親切熱情的人，有他在的地方總會有笑聲，是個親切的大男孩，不過老是愛挖苦吐槽別人。

珊珊一臉無奈瞥了他一眼。

「欸～人家可是要睡美人覺，不然怎麼脫離百年單身之苦啊！」同事安菲留著一頭俐落的旁分短髮，正坐在椅子上照鏡子。安菲是公司裡最重視儀態的人，有點潔癖，比較愛恨分明，

但特別有正義感，不喜歡看到別人受委屈，也因此也經常與人吵架。

　　珊珊這時默默的走到自己位置上，又被同事把單身告知天下了，雖然是大家一直都知道的事情，感情在珊珊心中一直是個很大的障礙，尤其聽到單身兩個字的時候就想跑得遠遠的，不想再聽到了，不是珊珊不喜歡談戀愛，是對談戀愛有太多的恐懼了。

　　自從珊珊在國小時有個好朋友，整天跟珊珊說她爸媽感情之間的事，她的爸爸常常不回家，如果有就會帶別的女人回家，她也飽受媽媽的抱怨與情緒干擾，而因跟珊珊感情很好，常常在學校時會跟珊珊講她爸媽的事情，這讓珊珊產生了很大的陰影，雖然不是發生在珊珊的家庭中，但因為珊珊從小就自認是個倒霉鬼，做什麼事常常都很容易犯錯，就像走路不經意常被石頭絆倒；或是錢放在口袋就會掉失沒辦法到家裡附近的雜貨店買最喜歡的洋娃娃，只是因為沒發現口袋破洞；更慘的是參

加學校畢業旅行時，跟朋友一起買了冰淇淋，剛好有鳥糞滴在珊珊的冰淇淋上……

第二章　黑天

「蔣珊珊，等一下到辦公室找我。」今天一早主管魏慕天特別早到公司。

「哎呀！看來蔣珊珊今天會諸事不順喔。」阿德在一旁笑嘻嘻的說，看起來特別欠揍。阿德看到別人有難，就特別喜歡糗對方，不過阿德心中並不是真正希望對方過得不好。

「你很吵耶！被你這神嘴一說，我看才沒好事。」珊珊看著阿德幸災樂禍的樣子，很想一把搯住他。其實珊珊心理早已明白，照以往的經歷看來，肯定不會有什麼好事，但被阿德一說，根本就是雪上加霜。就算如此，無奈的珊珊還是得起身往主管的辦公室走去，心中依然有些忐忑不安，每一秒鐘對珊珊來說是那麼的遙長，每一步伐都是那麼的沈重。

叩！叩！（珊珊敲著主管魏慕天辦公室的門）

「請進。」主管魏慕天不疾不緩地說。空氣一片寧靜，像是訴說著暴風雨前總會特別平靜。

當珊珊走進辦公室裡，深深吸了一口氣，還沒走到平時辦公桌前面的位置時，魏慕天已開口說，記得上個月妳負責處裡的案子嗎？這個案子客人表示非常不滿意，客人給我們的回應是說，他明明不想要公司送給他的禮品，為什麼妳還要送呢！我已經說過很多次，要以客人為主，妳知道你在公司的價值來自於哪裡嗎？我們在公司裡，顧客是我們最大的老闆，有了顧客，才有大家生存的餘地……

珊珊沒有任何可以說話的機會，被他整整嘮叨了一個小時左右。大家都知道只要他一被董事長念完之後，就會發生這樣的事情，每次也只能等他念完後，而大家也唯有自己吞下去，只有安菲會跟他反駁，所以安菲在他的辦公室時間總會是其他

人的兩倍，他也拿安菲沒轍，原因是安菲的處事效率非常好，
績效也是公司裡面最好的。

「這樣妳明白了嗎？」

「是，明白。」

「嗯，那妳先回去忙吧。」

聽完主管魏慕天的最後幾句話，離開辦公室後的珊珊，面
對一整天的工作，顯得沒什麼精神，腳上與肩上像是有十幾公
斤的石頭，原本有神的目光瞬間暗淡無神。回到自己的位置上，
打開電腦，看著電腦畫面上的五十幾條訂單以及三十幾封訊息，
有些訊息還需要一一打電話給客人解決他們的疑難雜症。

在公司裡每天都是重複的事情，但公司的氣氛，卻每天都
不一樣，隨時演變的氛圍，特別是主管魏慕天的喜怒哀樂影響
著整個銷售部門，主管魏慕天如果特別早到公司，大家自然會
提高警覺做事，大家各自心中清楚絕對是有什麼不好預兆，才

會把黑天"請來,"黑天"是大家給魏慕天取的一個綽號,意思是說烏雲就是魏慕天,颱風打雷下雨都是魏慕天帶來公司的,大家就得承受這樣不好的天氣。

第三章　幸與不幸

隨著空氣中透露一點秋意,有點涼爽,可是不至於冷,又有點溫馨的季節,在十月底的尾巴,人們開始準備過冬,迎接即將到來的冬至、聖誕節、跨年⋯⋯抵達停車場的珊珊,拎起拿在手上的風衣往身上穿,時間下午六點,摩托車時速四十,經過平時最常逛的安森街,她突然想要在這裡走走,可是她的心中卻沒有任何的目標,平時會想吃紅豆攤裡的牛奶餅,那裡的牛奶餅經常需要排隊,有彈性的餅皮與扎實的牛奶餡,是她最想念的味道。

有時候會沒有任何原因的想做一件事,不需要任何理由,最自由的時候就是可以選擇自己想要做什麼就做什麼,對很多人來說,上班也許是被強迫剝奪自由,珊珊就正是如此。一整

天不管是面對主管或是客戶，還有雖然電腦不會說話，但跟電腦相處的時間最久了，而電腦又是最無趣的，它像個擁有板著一張臉的隱形主管，告訴她必須做什麼、要做什麼、不能做什麼，永無止境的下每一個指令。

　　脫離苦悶的工作，騎著摩托車遠離公司，就是自由的開始。脫下安全帽，珊珊照著鏡子稍微整理一下儀容，沿著安森街的每條巷子走去，巷子裡面有很多間服飾店，小小間的看起來特別溫馨，沿路她走到平常最常吃的紅豆餅攤位，看了一眼，心中卻沒有任何的食慾，再往前走，看見一群成群結隊的高中生，他們在珊珊眼中看來，很有活力可是卻也充滿著對世界的種種疑惑，而她呢？好像跟他們也並沒有什麼差別，也同樣有著一些困惑。

　　上學、工作、結婚一直到老去死亡，人生中的課題就是這些嗎？珊珊在心裡想著，從小就這麼倒霉的我，幸運何時才會降臨在我身上呢！明明是很溫馨的秋天，她的神情卻顯得有些

哀傷，當走到服飾店的門口，她卻沒什麼精神想要看衣服，心中沒有任何想買衣服的慾望，正想要轉身回家時，發現了眼前一間讓她覺得感興趣的服飾店，而沒有任何猶豫地走進去。心中詫著：奇怪了，我怎麼不知道有這間店呢？

「小姐，有想要找什麼樣款式的嗎？」從店內櫃檯處傳出一位大約是三十幾歲左右男生的聲音，他是楊爾，側分短瀏海上疏髮型，將頭髮往上梳，樣子乾淨清爽，露出額頭讓人感覺更有成熟感，高聳的上疏瀏海拉長了楊爾的臉型，輪廓顯得更立體。

珊珊一聽心裡只有不耐煩，一整天跟客戶溝通已經很累了，還需要應付店員，真是麻煩啊，而轉頭一看，男店員熱情誠懇的樣子，看起來更麻煩了。珊珊表面還是理性對著他稍微笑了一下，但看起來比較像是皮笑肉不笑的樣子。想跟我推銷的麻煩店員，我想既然你這麼想跟我推銷，我就讓你多說話吧，也許他遇上我算他倒霉吧！

「有需要什麼樣的款式都可以為您介紹喔！」楊爾面帶微笑的從櫃檯走出來。

「我想要找長褲。」珊珊理性的說。

「平常有習慣穿什麼材質的嗎？」楊爾依然熱情。

「不一定。」珊珊冷淡的回應。

「那要試試我們店裡新的產品嗎？你很幸運，今天才剛到貨而已喔！」他聽到珊珊冷淡的口氣，有稍微感受到這位客人心情似乎不太好。

「我對新產品沒什麼好感。」心理竊笑的珊珊想著看他還能說什麼。

「哈哈！是這樣喔！那不介意的話讓我來幫你找褲子如何？」這對楊爾來說，珊珊的冷淡只不過是小事，珊珊的冷淡對他並沒有造成任何影響，反而讓他更想要說服她買下店內任何一件衣服。

「如果你能幫我選到我喜歡的……也好。」沒想到這位店員的難搞，出乎珊珊的意料之外，她覺得這位店員也許很缺錢呢。

楊爾開始在店內為珊珊介紹著今天剛到貨的褲子，從牛仔褲、直筒褲、喇叭褲、西裝褲還有長裙，滔滔不絕的講出每一件褲子的特色。

「這件牛仔褲是屬於顏色比較深的，很百搭，上衣穿淺色一點的衣服，無論是長袖或是短袖，只要是搭上淺色的衣服，會讓人看起來有活力十足的感覺。」

「這件是排扣腰頭直筒褲，最大的特色就是可以擁有修長比例。」

「這件刷毛的喇叭褲很有彈性，冬天也快到了，內刷毛的設計在冬天很保暖，休閒又時髦的造型都很適合當作戶外休閒或是上班穿搭。」

「這件是西裝褲，搭配哈倫褲版型有簡約知性的氛圍，有造型的鈕釦，呈現氣質時尚感，我覺得妳上班穿還蠻合適的。」

「這件是百褶中長裙，有灰紫跟暗粉兩種顏色，這款中長裙的設計在於它的漸層效果，材質是短絨毛的布料，所以手感摸起來很柔軟，還有透氣保暖的功能。」

一邊拿起褲子，一邊說著每件衣服的特質特性，他並不覺得麻煩，反倒很喜歡為客人解說，竟然有這樣的誠懇又熱情的人，令珊珊百思不解，也漸漸卸下珊珊的防備心，開始好奇為什麼他會這麼有熱情：他怎麼會這麼有耐心啊，我這麼難搞難道他不會覺得我很討厭嗎。

「不知道妳對哪一件最有興趣呢？」楊爾問。

「嗯…好難選。」珊珊說。

「這幾件有妳喜歡的嗎？」楊爾問。

「我都喜歡，只是不知道哪一件最適合我。」珊珊說。

「我想我建議妳這件。」楊爾拿起百褶中長裙。

「為什麼是這件呀？」珊珊問。

「現在是秋天的季節……」楊爾說。

「就因為這樣？」珊珊好奇地問。

「嗯……妳可以想像一下，當樹上的葉子開始由綠轉紅，甚至是落下，不能表示結束，是一個新的開始。我想妳也許平常很少會嘗試這樣的裙子，但可以當作是一個新的開始，嘗試不同的生活。」楊爾沈思了一會。

「哈哈哈哈哈哈！你真的好認真喔！」珊珊突然大笑。

「嗯…？」楊爾一臉懵懂的樣子，有被她的反應嚇到。

「對不起，我並不是在笑你，沒事沒事，你不用理我，我的笑點比較奇怪。」珊珊還是忍不住想笑。

「喔！哈哈！」楊爾還是不明白現在是什麼狀況。

「那個…這件長裙多少錢啊？」珊珊拿起灰紫色的裙子。

　　「喔！這件是七百八十元。」客人會買下衣服的時間點，通常都是在楊爾的掌控中，大概都可以捉摸到客人的思緒，但眼前這位客人珊珊，卻令他有點來不及反應。

　　「那麻煩你，我要這件。」珊珊對著楊爾笑嘻嘻的說。

　　五年前的楊爾也是一位上班族，這間服飾店原本是前女友筱伊在經營的，但筱伊不幸車禍逝世，楊爾一直無法忘記她，才會把工作辭掉，接下這間服飾店。

　　其實楊爾一開始並沒有辦法接受這樣的事實，情緒常常起伏很大，相當低落精神不振，經營的服飾店，業績也隨著他的情緒影響，時常沒什麼客人，幸好後來因為時間的淡去，還有朋友的鼓勵，才讓楊爾下定決心，要好好的經營這間服飾店，也可以說楊爾把對筱伊的思念都放在這間服飾店上了。

　　在這三年內，店內的業績總算有點起色了，現在這間服飾店對楊爾來說是相當重要的精神支柱，在開始起步時，所遇到

的困難跟挫折也不少。愛真的很偉大，讓楊爾有很大的動力開始重新生活，不過，有時候愛也會讓人瞬間跌落谷底。

離開安森街騎回家的路上，珊珊覺得自己莫名其妙，我怎麼會在那裡待這麼久啊！還真的聽他介紹剛到的新品貨，我是不是太閒了？不過…最奇怪的是…我竟然買了這件裙子！等紅綠燈時珊珊將頭往下看了一眼，掛在摩托車腳踏墊上剛打包的裙子。

回到家後的珊珊，站在全身鏡前，拿起剛買的百褶中長裙，正面左邊右邊各比對了一下，珊珊看著鏡中的自己，又想起剛才「當樹上的葉子開始由綠轉紅，甚至是落下，不能表示結束，是一個新的開始。」的聲音，「啊！」突然大叫一聲的珊珊立即快速躺到床上，閉上眼睛靜下來，躺了一段時間後……

「還真的是第一次遇到這麼認真的人，而且又那麼誠懇，我想這是他的官方說法吧！但我怎麼會被他的話給騙了啊！」

「我明明是不耐煩不想買的，但我買了這件裙子之後，也沒有不耐煩了，可是這件裙子看起來我平常一定很少會穿，這樣算是不幸還是幸運的一天呢……」

第四章　滿面春風

「好久沒吃了，這間每次都很多人，還好今天有位置。」中午吃飯時間，珊珊與安菲到公司附近吃飯，剛坐在位置上的珊珊說著。

「喔！對啊！這間牛肉的咬感真的很好。對了，我覺得……妳最近很詭異耶！」安菲對著珊珊喝了一口牛肉湯。

「怎麼了嗎？」咬著麵條的珊珊，嘴巴還鼓鼓的，有點像倉鼠的嘴邊肉。

「什麼怎麼了，這幾天我們也沒少過聽魏慕天那張嘴碎碎念，而妳最近竟然都笑咪咪的，妳不覺得很詭異嗎？」安菲無論從外表到講話，讓人感覺都很犀利。

替身愛人

「這樣有什麼好詭異的？」珊珊很享受的吃著牛肉麵，覺得這間的牛肉麵真的太好吃，而沒有太在意安菲想要表達什麼。

「那是妳自己看不到妳平常的臉啊！」看到珊珊這麼冷靜，安菲有點情緒激動。

「嗯？」依然故我的珊珊，還是很享受的吃著牛肉麵，似乎很想要安安靜靜的吃。

「妳知道嗎，妳平常的臉根本就跟苦瓜一樣苦啊！」受不了珊珊的淡定，安菲的直接有時候讓人措手不及。

「什麼啦！」隨著嘴巴變化，讓珊珊的臉部有了不一樣的線條，珊珊覺得安菲有時候講話都太過誇張了。

「真的真的！只是我講的誇張了一點點而已！哈哈哈！妳別介意，不過，我覺得妳最近一定有發生什麼事，或是……天阿！該不會妳……」安菲有點吃驚的表情已經見怪不怪。

「什麼該不會，妳未免也太驚訝了吧，雖然說我真的從小到大倒霉到不行，讓我很難相信自己真的可以遇到真命天子……」聽到安菲這樣說的珊珊，她也知道這真的是一件很驚

66

人的事，因為都已經快要三十歲的她，沒有過一次戀愛經驗，令安菲更好奇她的第一次戀愛會是如何發生。

「哇！」聽到真命天子這四個字，安菲簡直瞪大了雙眼。

「我的臉真是出賣了我啊！被你看穿了。」看不見自己最近臉部表情有變化的珊珊，才發覺原來自己現實中戀愛的樣子，還真的會像電影裡的女主角那樣啊！

「哈哈哈！然後呢？然後呢？」安菲的神情看起來像是快要得到可以破解題目的答案。

「什麼然後？」一臉疑惑不知道安菲想要知道什麼的珊珊。

「這還要問嗎，我的意思是，你們在一起了？」一定要知道答案的安菲。

「我自己都還很模糊……只能算是聊得不錯的朋友吧！」聽到這句你們在一起了，珊珊的心裡突然重擊了一下。

「我看你成天滿面春風的臉，一定會有結果的啦！放心吧！」看著珊珊一副沒信心的樣子，平時的安菲是很有正義感

的，這時的安菲也是呈現毫無畏懼的樣子，希望能給珊珊一點信心及安慰。

第五章　二十八歲的勇氣

今天下班珊珊一樣快速地離開了公司，「我先走了啊！」珊珊說。

「欸！還沒開始約會就這麼勤勞喔！」阿德說。

「當然啊！自己的幸福自己追。」珊珊說。

「哇！現在的蔣珊珊氣場真是越來越強。」阿德說。

「本來談了戀愛就要好好守護啊！」安菲接著說。

「哎！我們根本還沒開始，哪裡算談戀愛了。」珊珊說。

「你完全就是談戀愛的樣子。」阿德與安菲異口同聲道。

「你幹嘛學我說話。」阿德又與安菲異口同聲，兩人為了這個而感到氣憤。

「哈哈哈」珊珊笑著離開了。

「今天生意如何啊？」珊珊說。

「還行吧！」楊爾回道。

「怎麼一臉沮喪？」珊珊。

「我在煩惱有一件事比我的生意還要重要的。」楊爾說。

「看起來很嚴重欸。」珊珊說。

「對啊……」楊爾。

「那你願意跟我說嗎？我可以當你三十分鐘的垃圾桶，但你要付我一千塊薪資，哈哈哈！」珊珊說。

「這麼貴，那我還是算了。」楊爾。

「欸！這樣哪裡貴啊！聽別人訴苦可是很辛苦的耶！你不知道社工師要接受那麼多負面情緒，需要有愛心和耐心……呃……善良的心，還要有很多種很多種心。」珊珊淘淘地說。

「但是你又不是社工師。」楊爾說。

「……吼！你很無趣耶！」珊珊說。

「會嗎？哈哈！」楊爾。

「哈哈！那到底是什麼事情啊？」珊珊窮追著問。

「我不知道我晚餐要吃什麼。」楊爾。

「一點也不好笑。」珊珊翻白眼。

珊珊與楊爾一搭一唱的日子已經過了三個多月，在楊爾心中已經對珊珊有了好感，可惜楊爾因為筱伊的關係，是一個極度沒有安全感的人，在楊爾成熟的外表下，他偽裝的很好。

與楊爾相處的這幾個月，珊珊都感到非常開心，對於愛情也充滿了期待，而阿德與安菲也感受得到珊珊的自信，不再像以前總是覺得自己是倒霉的，不過安菲最擔心的也是這樣，當一個人抱著期待越大，相對的在失去之後越容易傷心。

在珊珊眼裡，楊爾是一個成熟又貼心的人，長時間相處下來，楊爾讓珊珊擁有了很大的安全感，最令珊珊不解的也是這樣，為什麼明明跟楊爾相處起來感覺很不錯，我也感受得到他

對我的好感，每一次去找他，他都會在，我想他會不會每一次都是在等我，或許一開始不是，那現在呢？

「蔣珊珊，要不然就這麼豁出去了吧！二十八歲的人生就這樣一次啊！我已經不再是以前那個蔣珊珊了！這幾個月都挺幸運的，如果我再不出擊，也許會真的錯過，那如果失敗了又怎麼樣呢！」珊珊十足的勇氣告訴自己，不要害怕，不過這樣的勇氣也是來自於楊爾。

「明天下午兩點見。」珊珊說。
「好。」楊爾說。

明天就是週末了，週五珊珊下班一樣到楊爾的店裡閒聊，提起勇氣的珊珊，早已準備好要跟楊爾表白。

時間是週六下午兩點，楊爾在一點五十分抵達，選了一個靠窗的位置，珊珊兩點整出現了。

「嗨！你幾點到的啊？」珊珊。

「喔！我剛到沒多久。」楊爾心裡比珊珊更緊張。這是他們第一次約在外面，至從筱伊過世後，楊爾第一次單獨與女生約在咖啡廳，這幾年楊爾每天的生活很簡單，在服飾店工作，然後下班，有時候放假跟幾個男生朋友約。雖然他已經振作起來好好的工作，但他對筱伊還是難以忘懷，直到珊珊的出現，對於愛情好像又可以抱著一點希望了，可是卻很難再一次勇敢的去愛。

「這杯是？」珊珊看了一下在她桌子上的咖啡。

「請妳喝。」楊爾說。

珊珊與楊爾兩人心跳頻率比平時都來得快，導致今天兩人的對話異常簡短。珊珊為了不想讓這難以令人呼吸的氣氛尷尬太久，要將二十八歲的勇氣豁出去了。

「你閉一下眼睛，不可以睜開喔！我叫你的時候才可以睜開。」珊珊說。

楊爾看了一下珊珊，輕輕閉上眼睛。

「好了。」珊珊拿出手寫卡片，當楊爾睜開眼睛，珊珊盡快拿著卡片把自己的臉遮住，卡片上面最顯眼的字是：「我喜歡你，你願意跟我在一起嗎？」然後最下面寫的是：「接受就請將卡片收下，不接受就要請我吃大餐。」

第六章　緣分

整個夏季，珊珊的房間經常傳出唱歌的聲音，朵兒終於受不了，決定上樓找她。剛談戀愛，由於珊珊實在是太過於驚喜，也時常照著鏡子，想到這是在戀愛中的她，覺得自己就像是在做夢一樣，心中說到：「如果二十八歲以前的倒霉就是為了以後要遇見楊爾，那麼我願意接受。」她覺得自己的世界瞬間從黑白變成了彩色。

「叩！叩！叩！」朵兒怒氣沖沖敲著珊珊的門。

「誰啊？」竟敢打斷美妙的歌聲，珊珊的興致馬上被打亂了。

「小姐，可以請妳唱歌小聲一點嗎？你是怕別人聽不見嗎？」朵兒身材蠻嬌小，但說起話來聲音很宏亮有點高亢。

「真是不好意思。不過，妳一定不知道一個人二十八歲第一次談戀愛的心情吧？」珊珊覺得朵兒一定是一位大學生。

「二十八歲第一次談戀愛？」朵兒有點好奇。

因為這樣的緣故，兩人開始訴說彼此的感情狀態，朵兒雖然是一位大三的學生，但戀愛次數已經有三次經驗的她，開始跟珊珊分享她戀愛的過程，也讓她們成為了彼此互相分享感情狀態的朋友。緣分的奇妙不僅僅是愛情上，在友情上也一樣。

「明天晚上我去妳公司等妳。」楊爾。

「你不是要工作嗎？」珊珊知道楊爾的服飾店這幾個月收入不太好，最近晚上也比較少休息。

「那也沒辦法，誰叫我是沒有愛情不能活的情種。」楊爾。

「哈哈哈！好啦！」珊珊說。

這天楊爾與珊珊一起去搭摩天輪，在摩天輪裡面接吻，一起看城市裡的銀河。每個女生心目中多少次想像自己的愛情會如何發生，二十八歲的蔣珊珊，終於沒有了初吻。

「欸！妳二十八歲以後的日子會不會太爽了！」安菲說。還沒幾天的時間，珊珊的戀愛狀況很快就被安菲知道了。

「會嗎？我可是經歷了二十八年的孤獨生活欸。」珊珊回說。

「那應該要幫蔣珊珊好好慶祝一下！」阿德說。

二十八歲那年，珊珊告訴自己，蔣珊珊的人生從此以後與倒霉無關，那也是在她認識楊爾之後。

　　每個人的一生中喜歡的人、在一起的人都不知道會有幾個，甚至結婚的，離婚的也不會知道，一切都只能看緣分帶我們到哪裡去。熱戀一年多，為對方取的各種奇怪的稱呼一點也不奇怪，珊珊與楊爾正經歷著這段最甜蜜的時刻。

　　「大胖子，今天晚上要吃什麼？」珊珊說。

　　「我怎麼知道要吃什麼才能餵飽你呢？」楊爾把頭靠近珊珊的臉。兩個人的雙眼靠得很近，只容得下一本書的距離。

　　「什麼啦！我又不是豬，說得我很會吃嗎？反正吃什麼都可以啦！」珊珊笑得很甜。

　　「我知道帶你去吃什麼了。」楊爾說。

　　「吃什麼？」珊珊說。

　　「吃神秘的牛排吧！」楊爾說。

　　「什麼神秘牛排？我們有吃過嗎？」珊珊問。

　　「沒吃過，看在快年底了，我們去慶祝一下吧！」楊爾。

　　「為什麼年底要慶祝？」珊珊問。

「哪有那麼多為什麼，只要我想為我們慶祝隨時都可以。」楊爾說。

與楊爾在一起的這一年裡，珊珊總是摸不透他，他好像隨時都有很多的驚喜，搞不懂他什麼時候會想做什麼事，做這件事又是為什麼，讓珊珊常常又驚又喜，他的思緒總是那麼快，珊珊也曾擔心過會不會有一天我會跟不上他的速度，不過這也是楊爾很大的特色吧！

即使珊珊覺得比較難了解楊爾的心思，但只要有楊爾在，珊珊就會特別安心，因為楊爾跟陌生人的應對還有各種跟客人推銷講話拿捏的技巧，應對自如的談話，常常讓人沒有任何距離，沒有尷尬的氣氛。看在珊珊眼裡，似乎是個很好懂很簡單的人，可是真的跟楊爾在一起了，又讓我覺得他很複雜，這應該是旁觀者清的道理吧！

第七章　兩條線

　　珊珊與楊爾在一起快兩年了，楊爾時常覺得沒有安全感，卻不知道怎麼讓自己不要去想那麼多，還是會害怕失去。在一起一年後，珊珊就經常被魏慕天派遣到國內外出差，與楊爾見面的時間僅僅一個月只能見面一次，楊爾曾經告訴珊珊至少每天都要一通電話或是簡訊讓我知道妳平安，珊珊也告訴楊爾她會的，只可惜珊珊每天在外面出差都非常的忙，也讓珊珊感到非常疲累，有時候只要一天與楊爾沒有聯繫，楊爾都會感到非常不安。

　　某天珊珊與安菲還有魏慕天正在機場準備飛到上海出差，坐在椅子上的珊珊，趁著空擋，打了電話給楊爾，卻一直沒有人接，珊珊知道昨晚沒有打電話給楊爾，他又情緒不好了。

　　「怎麼了？」看著珊珊臉色凝重的樣子，安菲馬上上前關心。

　　「我最近因為出差，楊爾似乎很不習慣。」珊珊說。

「我在想他一定很愛你，只是真的很難看得出來他怎麼會這麼沒有安全感。」安菲見過楊爾幾次面，覺得楊爾算是個挺成熟的人。

「……」珊珊沒有說話。

「放心啦！談戀愛有挫折是好事！別像我前面幾次的經驗，到現在都覺得沒人喜歡我了，至少他是愛妳的才會這樣。」安菲試著鼓勵珊珊。

「嗯……」珊珊還是沒什麼精神力。

出差回來後的珊珊，快速地就到楊爾住的地方，想著要怎麼樣逗楊爾開心，在楊爾還沒回到家裡時，珊珊已經在準備晚餐了，希望能給楊爾一些驚喜。天氣已漸漸暗下，在晚上接近七點鐘左右，楊爾回來了。

「你回來囉！趕快趕快！有聞到什麼香味嗎？」珊珊說。

「……」楊爾沒有說話，正拖著鞋子，也沒有抬頭看珊珊。

「超香的喔！我煮了你最愛吃的牛肉麵！」珊珊感覺得到楊爾心情怪怪的。

「妳幾點回來的？」楊爾說。

「這個不重要啦！」珊珊笑著說。

「我想說妳可以跟我說一聲，我可以去接妳。」楊爾說。

「我回來就是要給你驚喜啊！如果你來接我，我怎麼給你驚喜。先來吃吧！」珊珊說。

楊爾與珊珊一起坐在客廳吃著牛肉麵。

「妳不想要一下飛機就看見我嗎？」楊爾說。以前的楊爾會跟珊珊聊著牛肉麵煮得怎麼樣，這天的氣氛有點沈重。

「先吃啦！趁熱吃，我不是說我想要給你驚喜。」珊珊也有點不舒服，只是頭低著吃著牛肉麵。

後來楊爾與珊珊各自吃著牛肉麵，不像以前還會互相打鬧。珊珊很清楚知道自從她開始出差以後，楊爾就不再像以前，這讓珊珊覺得很累，每次出差回來還要安撫他。

「我真的不知道該怎麼辦了。」珊珊說。某天晚上珊珊與朵兒在珊珊房間裡聊天。

「我覺得他應該有什麼陰影。」朵兒說。

「嗯？」珊珊說。

「之前我有一個男朋友，跟楊爾的狀況有一點雷同。不過他是因為原本就是跟媽媽感情很好，跟爸爸感覺比較沒有那麼好，而他媽媽的身體一直都不好，後來他媽媽因病去世，讓他變得很沒有安全感，他是這樣跟我說的，會一直很害怕他喜歡的人離開他。」朵兒說。

「這樣聽起來還蠻辛苦的。那你們之後怎麼會分開？」珊珊說。

「嗯，聽起來是這樣沒錯，但我跟他在一起後來會分開，是因為我們各自都感受不到對方的愛了吧。」朵兒說。

「嗯？妳也才幾歲而已，真的比我感情豐富很多耶！」珊珊每次看著朵兒談感情事時，都不覺得她是小他五歲的妹妹。

「哈哈！我們也還蠻和平的分開的，當時跟他分開後我也沒有很傷心。後來覺得我們的興趣跟價值觀不太一樣了。」朵兒說。

「好奇妙喔！那你們現在還有聯繫嗎？」珊珊說。

「有。變成一種很微妙的關係吧。」朵兒說。

「怎麼說？」珊珊說。

「就是還是會約出來聊聊近況。當然不是單獨啦！因為我們的朋友有些都是認識的，大家偶爾還是會聚一下。」朵兒說。

「真特別，你們也不尷尬嗎？」珊珊說。

「不會啊！哈哈！過去了就讓它過去吧，我是這樣想的，我自己比較不會糾結以前的事吧！」朵兒說。

「嗯！這樣也好！」珊珊說。

聽完朵兒分享她的感情事後，覺得朵兒這樣的年紀卻有一種很灑脫的性格，換作是我，應該很難吧！也是來自於每個人的個性不同，每個人面對事情就會有不同的處理方式。

在來來去去的時光裡，從珊珊開始出差到現在也快一年了，而與楊爾在一起也兩年了，中間發生的事不外乎就是當她出差回來就要安撫楊爾，這也讓珊珊越來越覺得，楊爾真的愛他嗎？如果愛她，為什麼他不能夠體諒我。

「妳下個月什麼時候出差？」楊爾問。下班後的珊珊在楊爾的服飾店裡。

「下個月我不用出差。」珊珊說。其實下個月珊珊一樣要出差。

「為什麼不用出差？」楊爾說。

「我想離職。」珊珊說。珊珊並沒有跟魏慕天說她要離職。

「為什麼想要離職。」楊爾說。

「沒有為什麼，也不需要為什麼。」珊珊說。這句話是楊爾以前常常跟珊珊講的。

「妳怎麼了？」楊爾說。

「你不是很希望我留在你身邊。那我不工作就可以留在你身邊陪你，這樣不好嗎？」珊珊說。

「……」楊爾沒有說話。

「楊爾，我沒預料到你這麼缺乏安全感，我工作出差也不是去玩的，我只是想要把工作做好。」珊珊說。

「……」楊爾一樣沒有說話。

「我累了，我先回家了。」珊珊說。

楊爾不知道該怎麼面對珊珊，也不知道能夠說什麼做什麼，他責怪自己，讓珊珊受了委屈，這時也才深深明白，自己的愛並不能夠讓珊珊幸福，因為他始終害怕失去。如果兩個人無法

給予對方真正的幸福，那在一起還有什麼意義？這晚楊爾獨自在家中喝著酒，背影看起來很孤獨。

經過這次的分離，誰也沒有主動聯繫誰，再見面時，已經過了十幾天，晚上十點左右楊爾回來了。珊珊晚上到了楊爾家，想到這幾天給彼此空間，各自靜一靜，珊珊知道，她還是愛著他。

「你最近工作還好嗎？」珊珊先開口說。

「……」楊爾沒有說話。

（時間靜止一分多鐘後）

「你在幹嘛？」珊珊說。

「收拾行李。」楊爾說。

「幹嘛收拾行李？」珊珊說。

「……」楊爾說。楊爾開門準備離開。

「現在幾點了，你要去哪裡？」珊珊說。

「去一個沒有我們回憶的地方。」楊爾淡淡的說。

珊珊回到她住的地方後，第一次放聲大哭。

三年後……

珊珊已經三年沒有去過安森街，這天經過了楊爾曾經經營的服飾店，已經換了一個女店員。回家後珊珊拿著筆在日記本裡寫下：

一直到今天，我不知道你在哪裡，曾經沒有你在的日子非常難受，在我愛上你的時候，我卻選擇了孤獨，因為我從來沒有做好準備，面對你、面對在我們身上發生的這些事。

現在已經過了三年，三年過去了，不知道你現在好嗎？我很想告訴你，我沒有淡忘我們的一切，我把這一切好好收藏在身體的某個地方，偶爾在心中輕輕翻閱。現在三年過去了，回想起我們在一起的畫面，我已經不會傷心，而是想到我們，我

偶爾會笑一笑，真的很有趣，曾經有一個人，和我在同一個時代同一個城市說同一種的語言陪伴對方，在這一段時光裡，我想我們都因為彼此的相遇，才能成就了現在的我們吧！」

～ 完 ～

替身愛人。

我的老師

作者：林靚

第一章　初入校園

　　天空是那樣的晴朗，一切都是完美無瑕。今天是林筱薇的大學第一天，想起自己可以離開嚴格的父親管教，林筱薇開心地笑了起來！雖然沈重的行李讓自己有點喘不過氣來，但是，沒辦法，就是開心得不得了！

　　忽然間，大家傳來尖叫～紫宸學長！一台保時捷開進校園，吸引了所有人的目光，林筱薇也覺得很驚奇！車子發出喀拉的聲響，像風一樣停在自己的面前。周遭的女生紛紛尖叫："紫宸學長！紫宸學長！"車門打開，副駕駛座走下來一個女子，一頭烏黑的頭髮，波浪的長髮隨風飄逸，雪白的肌膚，嘴上掛著淺淺的微笑，秀長的身體，飄出香奈兒香水味。如果說是明星，眼前這位女子真的就可以媲美國際巨星。大家的眼光正注視著眼前這位美女時，駕駛座門打開了，一個俊秀的男子下車，英俊的容貌如希臘眾神，身高一百八十五公分的厚實身材，一身潮流衣服，嘴邊帶著自信的笑容，很自然地對大家揮揮手。

　　一時間看呆的林筱薇，呆若木雞的看著眼前的這一刻，也忘記自己擋住了他們的路。男子走到了自己面前說：“哈囉！你是新生吧，沒見過你。”林筱薇忽然驚醒說：“是，我是觀光科的林筱薇。”放大了的聲音，讓大家都嚇了一跳。林筱薇自己也覺得很不好意思，不由得臉紅了起來，男子笑了笑說：“你好，我叫紀紫辰，電機系二年級，話劇社社長，可愛的學妹，明天的話劇社招募記得來喔！”

　　兩人之間，彷彿一陣春風，有點甜甜的味道在發酵。一旁被忽略的女子，有點不是滋味的刻意走過來說：“紫宸！你要招募學妹，怎麼忘記人家了！”女子甜甜地靠在男子身上，又用斜眼飄向林筱薇，有點敵意的打量。林筱薇不太適應的說：“學姊好。”並伸出了手要跟女子打招呼，女子忽視了她的手，只回答了一句：“喔！”又拉住男子的手說：“紫宸，我們要遲到了喔！”好像在宣誓紀紫宸的專屬權。紫宸低頭看了看林筱薇，隨後爽朗的笑說：“學妹，明天不見不散喔。”便與女子一同離開。

　　林筱薇被他的笑容給震懾了，周遭人嫉妒的聲音完全聽不到。忽然間，兩個女子走了過來大聲的說：“嘿！新生！不要看你長得有幾分姿色，就以為要飛到天了，離我們的紫宸學長遠一點，你也別妄想可以搶方倩的男友，方倩是我們學校的第一美女，憑你的幾分姿色還妄想。”兩人便故意很大力的撞向林筱薇的身旁，一時間站不穩的林筱薇跌倒了，一屁股坐在地上，周遭的人只是無情地紛紛離去，本來應該是晴朗的好心情，卻又不開心了起來，林筱薇忽然有個第六感，以後的日子會很難過。但是，心中卻不自覺得想起學長的笑容，俊秀的臉孔與爽朗的笑容，粉紅的浮雲飄向了自己的雙頰，她的心不自覺地撲通撲通跳動，戀愛的滋味有點甜卻有點苦澀，還有點不知所措。

第二章　與好友的約定加入話劇社

　　早上的課程總讓人無奈，但這是必修課程，林筱薇有點睡眼惺忪的踏入教室，她挑了個後面的位置坐下。隨著上課鐘響起，一個冒失的身影忽然衝進來，她一屁股坐在自己身邊，圓

潤的身材，帶著一副深度近視的黑框眼鏡。右手還拿著一袋早餐，碰一聲坐下，把自己嚇了一跳。女生坐下後，用很愉悅的聲音說："你好可愛喔！長得很像仙女，秀秀氣氣的，可以跟你當朋友嗎？"

林筱薇有點驚訝的說："好呀！"也有點喜歡眼前這個大勒勒的女生，這個女生就是未來四年的好友，也是最知心的好閨蜜—李妍熙。

必修國文課，李妍熙與自己不斷的傳紙條聊天。忽然間，一個熟悉的身影進入教室，原來是學長，他帶著話劇社社員走進來跟老師要點時間招募社員。林筱薇覺得學長的眼光不斷的飄向自己，也忽略了李妍熙不斷發出花癡的驚呼："好帥喔！"學長在台上神采奕奕地宣導話劇社的招募，台下的學妹都目不轉睛的看這他，學長在結束前，忽然有到自己的面前，用很靠近自己的距離說："學妹，這是報名表，填寫好。"毫不容許拒絕的堅定，林筱薇不自覺地把表格填寫好，交到學長手上，學長用手輕輕在她額頭上敲了一下說："我可是為了你專程來

的,可愛的學妹—林筱薇!"後面傳來一陣狠毒的眼光,美麗的臉孔卻搭上狠毒的微笑,那是方倩的嫉妒,她狠狠地說:"林筱薇是吧,我一定給你好看!"

這個夏天,是一個愛情發酵的季節,也是一個讓嫉妒給燒傷的夏天。但是,林筱薇卻無然不知,只是發呆地看著學長離開,與莫名其妙地加入話劇社!但是,無論如何,這個夏天,這個大學的季節,她也認識了自己最好的朋友,也是最好的閨蜜,往後的日子會陪伴自己的是一個熱力奔放的大學生涯。

下課鐘響了,李妍熙一下子貼到自己的眼前說:"你走運了!全校第一帥哥專程邀請你參加話劇社,林筱薇,你不知道吧,紀紫宸學長家裡是前五大企業的二代,你走運了!被看上的話,你就成了少奶奶了!"李妍熙用誇張的肢體在林筱薇面前大動作表現,把林筱薇被說得不知所措,只好一把把李妍熙的嘴搗起來!很不好意思的說:"你小聲點,全世界都在看你了!"李妍熙用很曖昧的眼神上下打量林筱薇說:"本來覺得你只是清秀,但是仔細看你有點像清秀佳人陳妍希。哈哈!可

愛的不得了，難怪第一帥哥看上你了，以後吃香喝辣記得帶我喔。"林筱薇被眼前這個人說得沒好氣！只好說："你不是要去學社吃飯，怎樣了，都已經十二點半了，你不餓嗎？""對厚！"李妍熙用非常快的速度，拉著林筱薇前往學社吃飯去了。但是他們的大聲嚷嚷，卻很快傳到方倩耳裡，讓未來的話劇生涯，多了分危險的氛圍。

第三章　話劇生涯的開始，即是苦難的開始

今天，話劇社為新生舉辦歡迎晚會，檯上的表演多姿多彩，所有話劇社的學長學姐無不使出渾身解術表演，而台下的林筱薇雖然硬是拉著好朋友李妍熙陪同，但是李妍熙從頭到尾只關心晚會上的食物，光是拿食物都忙得不亦樂乎，把林筱薇一個人丟在晚會現場，身旁的學姐不知是否聽聞了什麼，對林筱薇似乎有點敵意。隨著眾人的歡呼聲，穿著一身燕尾禮服的學長出現了，身旁挽著美豔群芳的方倩，方倩一身古典歐式禮服，大波浪的頭髮特意盤起來，有點古典貴族的優雅感！今晚，他們兩人將會為這場晚會開啟開場舞，兩人間舞起優雅的舞姿，

在眾人的歡呼下完美的展現。站在一旁的林筱薇有點不知所措，眾人都紛紛下去舞池，自己卻不知如何是好。忽然，一位修長的身影映入眼簾，帶著伯爵面具的男子，對自己一個鞠躬邀舞，聲音富有磁性且特別好聽的說："可以跟我共舞一曲嗎？"林筱薇不自覺地搭起他的手，與男子在舞池內翩翩起舞。而對他們的加入引起了紀紫宸的注意，他刻意忽略心中的不是滋味，故意舞到他們兩人的身旁，一個轉身將自己的舞伴與林筱薇互換，方倩嚇了一跳，既無奈又生氣。那伯爵面具男子揚起了興味的微笑，保持紳士地與方倩共舞，但是卻挑釁地在紀紫宸身邊徘徊。臉上漾起了紅暈的林筱薇，在學長的擁抱中有點飄飄然，學長他身上好香，那是濃厚的男性古龍水味道。隨著一場舞曲的結束，方倩刻意向前一把將林筱薇推開，拉開紀紫宸與林筱薇的距離，可能力道太大，林筱薇一個不小心往後跌倒，原本以為會碰到冰涼的地面，卻跌入一個溫暖的懷抱，那是剛才邀自己舞曲的神秘男子，男子隨即邁開大大的笑容說："你又回到我懷抱囉！"林筱薇一時也不好意思的不知說什麼，只是趕緊地離開男子的懷抱。方倩小聲地說："狐狸精就是狐狸

精，到哪都可以勾搭別人。”聲調刻意給紀紫宸聽到，卻也被紀紫宸眼底的憤怒嚇到。方倩暗暗地想：學長是在憤怒嗎？但是，這不像是溫柔的學長的表情呀！方倩隨即暗暗地咬牙，恨恨地在心裡想：林筱薇你給我記住，不讓你好看我不叫方倩！

眾人在這場曖昧的舞曲中結束了開場舞曲，各自回到座位上，當大家正為了這次老師即將介紹的神秘導師感到期待時，據說這位神秘導師，來自美國戲劇學院，目前已經是小有名氣的演員，這次是經紀公司為了與學校合作而推出的一個月導師課程，也讓這位神秘導師可以藉由這次與學生互動提升形象知名度。當前方的董老師正為大家介紹神秘導師時，出現眼前的卻是剛才的蒙面男子，男子拿下面具，面具下的面容是俊秀中帶有陽剛的俊美相貌，讓台下的女性紛紛怦然心動！男子露出一個燦爛的笑容說：“大家好，我是你們這個月的導師—黃磊。請大家多多指教，在未來的時間裡我們可以好好的學習，彼此切磋琢磨囉！”女孩們紛紛竊竊私語，心中竊喜，而最不開心的人，從頭到尾臭臉的就是紀紫宸一人了，他也不知道自己為

什麼不喜歡這個導師，反正不喜歡就是不喜歡，絕對不是因為林筱薇，絕對不是！不耐煩地把心中的情緒掩藏，結束了這個不開心的晚會。

第四章　潛伏危機的話劇生活

這是新生開始準備這次的話劇角色的選定，當大家簇擁著方倩依樣當這次公演的主角時，黃磊卻說：“我覺得林筱薇的形象應該更適合這次的女主角，方倩太豔麗了，而林筱薇的形象應該比較適合這次楚楚可憐的女主角。”大家一下不知道說什麼了，方倩很生氣的說：“我反對，林筱薇沒有經驗，也才進來幾天，憑什麼！”黃磊卻說：“我會好好的訓練她，等到下次給她排演的一段，我們再來投票決定吧！”方倩大聲的說：“好，我就排演一段給大家選，我看她這個新生有什麼資格當女主角！”黃磊走到林筱薇面前，林筱薇原本有點反應不過來，黃磊悄悄地說：“今晚下課留下來，我們演練一下吧。”林筱薇只好暗暗地點頭說好。

　　下課鐘聲響起，林筱薇整理書包準備到話劇社與黃磊老師演練，一個學姊走了過來說：「林筱薇，老師說有事情要問你，你到走廊那邊等老師。」林筱薇不疑有他走到了學校角落的走廊，她環顧四周無人，便喊了幾聲也無人應，覺得有點害怕要離開，一桶水卻從頭淋下，方倩與幾個學姊站在她的面前，惡狠狠地說：「狐狸精，你要勾搭老師吧！沒有人像你那麼不要臉，學長也勾搭，老師也不放過！」說完，又一個巴掌打到林筱薇臉上，打得林筱薇頭昏腦脹，他們刻意讓林筱薇淋了一身水，在這個冬季打冷顫，還想繼續對她拳打腳踢。當方倩正要再甩林筱薇一個巴掌時，忽然一個龐大的身影出現，一把捉住方倩的手說：「同學，校園霸凌需要我告訴訓導主任嗎？」原來是黃磊出現了，找不到人的黃磊找到了這裡，眼底的殺氣，讓方倩與她的狐群狗黨們嚇一跳，急忙逃走。又冷又痛的林筱薇，可憐兮兮的樣子讓黃磊心中升起了憐惜，他把衣服給林筱薇披上，緊緊抱住她，又有點捨不得的深深的吻了林筱薇一下。林筱薇驚訝地睜大了眼睛，但是黃磊抱得她更緊了。林筱薇慢

慢的閉起了雙眼，在這個熱情又帶有愛憐的吻中，任由自己沉醉，他們的關係，又多了點不比尋常！

然而，隨之趕來的紀紫宸看到了眼前這一幕，握緊拳頭，他確認了自己的心意，他也喜歡林筱薇，而且絕不容許林筱薇被別人搶走，絕不允許！夕陽慢慢落下，橘紅色的光輝照在他們三人身上，是一段愛情的萌芽，也是一個戰爭的開始。林筱薇的心也在戰爭，她喜歡的人是誰？是學長，還是眼前溫柔的老師？心中的猶疑不定，讓自己有點慌張，也忘了身上的痛楚。

第五章　確定關係，我倆繼續前進

時間如流水，很快的來到了期末考，林筱薇本來想著跟老師的一吻會代表什麼，但是老師並沒有任何再進一步地表示，反而紫宸學長經常來到自己的教室，有時候送早餐，有時候找自己聊天，反倒整個校園都在謠傳紫宸學長要追求自己。

方倩學姊雖然說是十分生氣，但是因為上次霸凌自己的事情驚動了校長，也讓學長警告了幾回，這次的她不在輕舉妄動。

而每天放學後，老師總會讓自己到社團教室練習話劇，偶爾會近距離的靠近，會讓自己回想那天的吻，不自覺地臉紅心動：奇怪，我不是應該喜歡學長的嗎？為何對老師有心動的感覺？

　　一天，又到了教室與老師排演。當老師告知自己應該如何放感情，如何表演臉部表情，他眉飛色舞自信的表情，都讓林筱薇覺得老師真的很好看，好看到讓人覺得難以忘懷，好看到讓自己失神。"喂！小朋友你有專心聽嗎？"黃磊以只有一公分的距離靠近林筱薇的臉，唇與唇幾乎要碰觸到。"什麼？"林筱薇有點驚訝眼前的靠近，想退一步卻不小心跌倒了。黃磊一把抓住林筱薇說："本少爺很恐怖嗎？老師在教你都沒在聽！還是你想做壞壞的事情！"林筱薇結結巴巴地說："壞，壞什麼？你在說什麼？"黃磊的手忽然碰觸到林筱薇的腰間，不斷地往下游移，隨著彼此間的貼近與炙熱，不斷探索林筱薇的甜蜜，天已黑，校園沒有學生經過，走廊上只有社團教室的燈還亮著，他們倆的熱情卻一觸即發，林筱薇完全沈迷在彼此的熱度中，把自己的第一次給了黃磊，他們的感情如洪水般爆發，

再也無法停止！整理好衣服後，林筱薇小聲問黃磊：“我們是什麼關係！”黃磊抽了根菸說：“我們是很好的關係！”林筱薇不禁在心中傷心，很好的關係？卻不承認我是女友嗎？那我是什麼？

當老師送自己離開後，林筱薇站在門口看著黃磊的離去，不由得痛哭失聲，因為她知道，在老師心中，她只是朋友，一個很好的朋友。

哭泣聲中，隱藏在暗處的男人正在發怒，在寒風中等待林筱薇許久的紫宸，憤怒地看著眼前讓他等了一整夜的女人，憤怒地發現眼前的一切，林筱薇你真的背叛我！紀紫宸心中燃起了嫉妒和報復的火花，他要對眼前這個他深愛的女人報復！讓他們知道自己的痛苦！

話劇社排演中，出乎意料的，林筱薇生動的演技贏得了這次公演的女主角機會，大家都為她感到高興，這次的公演會安排在礁溪度假區中，要離開台北，大家必須帶備行李到礁溪度假館三天，當然黃磊也會去。

當林筱薇發現自己與方倩安排同間房間，她有點緊張，心想會不會惹方倩不開心了。方倩卻漠然，晚上當她們整理行李時，方倩喝得很醉，大家抬她進了房間便離開，只剩下林筱薇留在房裡，她為方倩換衣服，擦身體。

方倩忽然大哭說："紫宸，我那麼愛你，你為什麼不知道！為什麼！"

林筱薇看著眼前的這個女人，不管以前她是何等的霸道，現在卻只是個脆弱的女子。林筱薇細心地把解酒藥給方倩餵上，低聲說："學姊，我不會跟你搶紫宸學長的，我愛的是黃磊老師。"說完，林筱薇也就睡了，一旁忽然睜開眼的方倩，若有所思地看著林筱薇。

公演很順利，林筱薇收到大家的祝賀，忽然一封信出現，紫宸學長在信上告訴自己，想到公館旁的竹林見面，有話要說，也提醒她不要跟其他人說！

林筱薇不疑有他地前往，紫宸學長顯得十分狼狽，滿臉鬍渣。林筱薇關心的說："學長，你怎麼了？"學長一把捉住林

筱薇，憤恨地說：“我哪一點比不上黃磊，你居然選擇他！”林筱薇痛的說：“你抓痛我了。“

“好！你都把身體給黃磊了，給我也無所謂了吧！”紀紫宸暴力的扯開林筱薇的衣服，想要強迫林筱薇就範。此時，一個身影出現，黃磊一拳頭揮去，把紫宸擊打到在地上，大聲的說：“少碰我的女人！”便帶林筱薇準備離去。

跌坐在地上的紫宸暗暗的爬起，拿起大石頭想狠狠地偷襲背對他的黃磊。一個聲響想起，大石頭沒敲在黃磊身上，而是敲中了忽然擋在面前的方倩，方倩在昏厥前說：“紫宸，不要做錯事了，我會一直陪你的。”就昏厥過去了，滿頭都是血。紫宸驚訝地大喊：“天呀！小倩你醒醒呀！”在黃磊的幫忙下，他們一起把方倩送到了醫院，而紫宸流著淚悔恨地說：“對不起，我錯了！我以後會改，以後會好好對你，你要醒醒小倩！”

一晚過去了，紫宸與黃磊彼此對談後，也釋懷了彼此的嫌隙。幸運的是，方倩並無大礙，當方倩醒後看見心愛的人緊握自己的手，她的痛楚沒有了，心也不再痛了。

　　林筱薇坐在黃磊的車上，彼此不發一語，林筱薇用嚴肅的聲音對黃磊說："你剛才說我是你的女人，那我們什麼關係？我再問你一次！"

　　黃磊說："不是男女朋友關係。"林筱薇默默低頭，讓眼淚在眼眶打磚。"我想我們是夫妻關係了！"黃磊拿出了一枚戒指！

　　林筱薇不敢置性的說："你說我們是夫妻關係？"

　　黃磊微笑著說："對！我去你家提親了！嫁給我吧！"

　　林筱薇笑容綻開，用一百分貝的音量說："我願意！"

～ 完 ～

替身愛人

忘不了那短暫的時光

作者：雪倫

第一章　初相識

緣分，妙不可言。

當緣份到了，無人可以閃躲。

不管來自何方，無論千山萬水。

緣分的牽引，讓萍水相逢的兩人，相知繼而相戀。

緣分的使然，讓素不相識的兩人，相識繼而相愛。

一次的機緣巧合，讓喬棟遇到生命中的真命天女。

一次的咖啡之緣，讓藝熙遇到生命中的真命天子。

情感的開始，由緣分展開，在無形中拋下了綿密的情網。

2009 年，在溫哥華讀書的喬棟，第一次遇到孫藝熙。

喬棟高大斯文，個性內斂有禮，很受女學生歡迎。當時，他到溫哥華留學已經兩年，是大一新生。

他在溫哥華的寄宿家庭，令許多同學羨慕。

　　除了環境良好、有花園、大片草地、生活便利、獨立空間，更重要的是寄宿家庭的人都很友善熱情。

　　熱情洋溢的寄宿媽媽潘蜜拉，對喬棟噓寒問暖，照顧得無微不至，也是讓人心生羨慕的原因之一。

　　再加上潘蜜拉的手藝超群，一雙巧手烹調出各式各樣，異國風情的美食，讓喬棟每天享受珍饈美饌。

　　喬棟的思鄉之情，這幾年在潘蜜拉的細心照顧下，不再強烈。

　　他房間位於地下室，地下室還有客廳和衛浴，享有個人隱私空間，出入不需要經過一樓客廳大門。

　　隔壁也是寄宿家庭，仕了一位台灣留學生，叫做葛瑞絲。她身材高挑，臉蛋姣好。如花似玉的美貌，和吹彈可破的肌膚，一直是男孩子的夢中情人和追求對象。

　　葛瑞絲的身邊不乏蒼蠅蜜蜂和工具人，很多人總想一親芳澤。

　　有人想用體貼來打動她，有人藉用金錢來追求她。

對於這樣的簇擁，葛瑞絲本人如魚得水般的享受。

葛瑞絲的嬌豔嫵媚，能言善道，常常讓男性甘心拜倒石榴裙下。

喬棟對於葛瑞絲這樣的佳人，始終無動於衷，敬謝不敏。

因此，即使兩人住在隔壁，卻難以擦出愛的火花。

葛瑞絲的內心有些難以言喻挫敗，無法理解為何喬棟對她竟然毫無所動，無動於衷。

多少人想藉機接近她 ，難道喬棟會不知道嗎？

直到喬棟遇到葛瑞絲的朋友──孫藝熙， 她才知道原來喬棟對她毫無興趣的原因，是他喜歡清秀佳人。

溫哥華的秋天，美麗浪漫。深秋楓紅層層，風景優美如詩。喬棟下課後，常常會去附近的咖啡館，品嘗一個人的咖啡，享受一個人的寂靜。即使人聲鼎沸，他的心情卻在咖啡中得到平靜。

今天，卻和以往不同。

110

「嗨，葛瑞絲。」 喬棟買完咖啡後，看到葛瑞絲和朋友正坐在櫃台旁喝咖啡。

「喬棟，這裡還有位子，一起坐吧。」

葛瑞絲向兩人介紹彼此。這是第一次喬棟遇見和他同年的孫藝熙。孫藝熙秋水盈盈的美眸，潔白如月的貝齒，燦爛如星的微笑，和友善禮貌的態度給人的第一印象頗佳。短短不到一小時的相處，更讓他印象深刻。她個性開朗，幽默風趣，可以靜靜的聆聽，可以開懷地大笑。因此，即使她身邊的女孩更漂亮更亮麗，喬棟的雙眸，依然鎖定在她身上。或許是咖啡館迷人的咖啡香，或許是秋意濃濃的浪漫情。喬棟的心情產生了波動，對於理性的他而言，現實人生中是不可能發生這種事。

喬棟在溫哥華讀大一，他預計轉學到美國就讀大學，因此，感情對他而言，是目前最不需要的。即使他對孫藝熙有好感，卻硬生生地把這份悸動的心壓下。畢竟，已經預期要離開，留下牽絆會讓他更難踏出那一步。

然而，愛情，是人生無法預料。

但是，緣分，是讓人意想不到。

感恩節那天，潘蜜拉熱情的邀請一些朋友到家裡一起共享晚餐，孫藝熙也應邀前往。

基於禮貌，藝熙下午就抵達幫忙潘蜜拉。

第二次見面，並非多話的喬棟和孫藝熙，卻變得多話。奇妙的是，當兩人聊天時，話題竟如滔滔江水一般，綿延不斷，無法停歇，屋內洋溢笑聲不斷，因為他們找到了彼此。

晚餐時，葛瑞絲不停地發表高見，彷彿像個演說家。席間藝熙只是不停微笑，積極回應，她是優秀的傾聽者。即使如此，臉上依然未出現不悅神色。

這點，喬棟看在眼裡，更多了分欣賞。細心的他發現吃飯時，孫藝熙可能因為禮貌，只吃面前食物，其他一律未食。於是，他主動將食物遞給她。

紳士的品格和體貼讓孫藝熙對喬棟留下了好印象。

餐後，喬棟到地下室觀看一場重要的籃球賽。

一小時候，葛瑞絲持續她談笑風生的魔力，覺得有些疲倦的孫藝熙，緩緩走到地下室，和喬棟一起觀看電視。

冬季冷冽，北風呼嘯。

一起在溫暖著室內的兩人，來自不同國家的兩人，聊得渾然忘我，句句投契。時間飛逝，轉眼間兩人已經聊了一個晚上。

直到葛瑞絲說要送藝熙回家。

這是喬棟和孫藝熙的第二次接觸。

雖然只是一段插曲，在喬棟的心中卻掀起無形漣漪，但他並未清楚察覺。

一星期後，喬棟喜歡的電影上映，想到孫藝熙提到她也喜歡這一部電影，於是約她一同前往。

看完電影後，兩人聊著劇情，發現彼此觀點很接近，無形讓兩人的關係更進一步。

孫藝熙喜歡動作片和驚悚片。而喬棟本人是動作片的愛好者，因此只要有好電影上映，兩人很有默契會相約電影院。

　　雖然並非相偕觀賞愛情電影，然而浪漫的火花卻漸漸深植兩人心中。

　　泰戈爾名言：「愛是亙古長明的燈塔，它定晴望著風暴卻兀不為動，愛就是充實了的生命，正如盛滿了酒的酒杯。」

　　隨著兩人一同出遊次數遽增，兩人從友情漸漸發酵，緩緩的情感在彼此心中流竄。

　　喬棟的體貼和傾聽，讓孫藝熙覺得相處時備受呵護。

　　孫藝熙的溫柔和婉約，讓喬棟覺得相處時備感舒服。

　　一遇到彼此，總是天南地北，風花雪月，什麼話題都能侃侃而談，而聊到忘記時間。

　　兩人相偕到黑色花園，啜飲咖啡。

　　兩人同遊於白石小鎮，共望雲海。

　　兩人一起打購物逛街，消磨時光。

　　兩人依偎在街道漫步，感覺彼此。

　　午後微風徐徐，和煦的陽光照耀大地。

　　孫藝熙和喬棟在蒸汽鐘附近散步。

　　街上熙熙攘攘，兩人只見彼此。

　　抬頭望著喬棟的藝熙，赫然發現，眼前這名男子的善解人意和知書達禮，在不經意時，已深深擄獲她的心扉。

　　喬棟低頭望著孫藝熙，頓時明白，眼前這名女孩的傳統善良和俏麗單純，在時間催化下，亦悄悄駐進他的天地。

　　無須言語，不需交談，眼神的交會，讓兩人心靈相通，明白彼此感情。

　　即使兩人知道，不到兩年，即將會分開兩地，卻仍無法阻止這段情感的奔騰。

　　不久，孫藝熙的生日將至。

　　在喬棟精心策劃下，生日派對讓她深深難忘。

　　剛開始孫藝熙收到了維尼熊超大型玩偶，這是她的最愛。

　　此時，她已經感動莫名。

正當她訝異於喬棟的浪漫時，喬棟抱著花束和汽球出現在人群之中。

孫藝熙眼眶頓時濕潤了。

當端出上面寫著她英文名字的蛋糕時，她的視線因淚水而模糊。

這是第一次，有人替她費盡心思，只為博得她的歡顏。

喬棟的細膩和浪漫不止於此。

某次，兩人逛街時，孫藝熙突然駐足於一家飾品店，凝望著米奇的金飾，足足有半分鐘之久。

喬棟不動聲色，隔天回來將米奇金飾買下，當成情人節禮物。

當孫藝熙收到時，眼淚撲簌而下。

「你怎麼知道我喜歡這個飾品？」孫藝熙驚訝又高興。

她記得她從未提起過這件事情。

「因為我注意妳的一言一行，一顰一笑。」喬棟緩緩而又堅定地答道。

隨著他的回答，孫藝熙深深在心中吶喊：這輩子，我再也放不開你了。

契合的兩人，相愛的兩人，讓溫哥華的冬天不再冷冽嚴寒。

即使雪花片片，心中依然溫暖。

第二章　相距越遠，相愛越深

羅・赫裏克曾言：「愛情的歡樂中摻雜著淚水。」

大三那年，喬棟照計畫轉學到美國理想的學校。

臨別前，喬棟曾想留下。

「你追求你的理想。我現在上大一，雖然上次美簽沒過，但我不會放棄。幸運的話，如果申請到同州學校，我們就可以再相聚了。」孫藝熙握住他的手，淚流不止，目光卻是炯炯有神，十分堅定。

空間不能阻止兩人之間的情感，即使再忙，兩人都會抽空聊天。

彷彿不曾分開，生活一切如常。

只是，特別日子時，難掩孤單。

孫藝熙生日當天，她想起和喬棟一起度過浪漫的慶生派對，一種莫名的孤獨感，突然湧上。

說好不哭，真難。

葛瑞絲和朋友約她一起吃飯，她拿了一束花，蛋糕和禮物：「祝妳生日快樂，藝熙。」

接下來的話，讓孫藝熙爆哭。

「都是喬棟安排的。」 葛瑞絲笑著補充。

原來，喬棟為了要給孫藝熙驚喜，他在去美國之前給了葛瑞絲一筆錢，請她在孫藝熙生日時，買花，蛋糕和禮物送給她。

愛，需要真心。

愛，也需要灌溉。

但愛，有時卻是荊棘密布。

孫藝熙積極地申請美簽， 照著當初計劃好的目標前進。

理想是豐滿，現實是骨感。

喬棟在放假時，飛往溫哥華，讓孫藝熙申請美簽時，有更多力量。

只是，她美國簽證再次沒過。

沒有理由，沒有原因。

孫藝熙擔心著喬棟的心情，她知道他有多期待。

喬棟在樓下等，看到孫藝熙沮喪的表情，他猜出結果了，一句話都沒問，只是搭著她的肩膀，笑著說：「走，去吃大餐吧。」

心有靈犀的兩人，無須言語，卻了然無心。

孫藝熙滿懷希望而來，卻又無限失望而歸。

孫藝熙哭著說：「很想去西雅圖的夜未眠、去第一間的星巴克喝咖啡。為何這麼難呢？」

喬棟抱著她，安慰道：「好東西需要時間，可能要再過一陣子吧。」

而這『過一陣子』，竟然是好幾年之後。

彷彿下定決心般，在喬棟回美國前，孫藝熙把最愛的衣服裝在行李箱，請他帶到美國。「等我，我很快就會去美國找你。還有，把我的衣服掛起來，讓人知道你已有女友。」

「等妳，不見不散。」喬棟摸摸她的頭，她宣示主權的模樣，讓人心疼又憐愛。

這三年來，喬棟有空就會飛到溫哥華，因為孫藝熙的美簽，依舊沒過。漸漸地，他和藝熙對於美簽這件事，已經鮮少談論。

直到喬棟大學畢業，孫藝熙始終和美國無緣。

異國戀情，雖然艱難，但是有心，依然恆久遠。

大學畢業後，喬棟順利在美國找到工作。

　　他盡最大能力，想讓孫藝熙感覺即使相隔兩地，他仍然在她身邊。喬棟的父母和兄弟姊妹，曾到溫哥華和藝熙見面，對她很有好感，亦十分支持這段感情。

　　兩年後，喬棟回台灣服兵役。

　　兩人的距離更遙遠了，但彼此的心卻更近。

　　孫藝熙請假到台灣來看喬棟，這短短十幾天，變成永遠的回憶。

　　她很喜歡台灣的風景、台灣的美食、台灣的環境和台灣的便利。

　　因為，這裡有喬棟和親切可愛的家人們。

　　喬棟一家人都很喜歡藝熙，帶她遊覽名勝古蹟，吃遍美味佳餚。雖然只有十幾天，大家都產生濃厚的情感。藝熙要離開時，全家一起到桃園機場送別。

　　機場人來人往，上演著分離和相聚的戲碼。

　　喬棟輕輕地說道：「願意嫁來台灣嗎？」

孫藝熙羞澀地點點頭。

第三章　分手

緣起緣滅，緣濃緣淡，不是我們能夠控制的。我們能做
到的，是在因緣際會之時好好的珍惜那短暫的時光。

——張愛玲

喬棟如約而至，服完兵役後，以最快的速度前往溫哥華，
去看看朝思暮想的她。

在出發前的深夜，喬棟莫名其妙的發燒了。

不得已，他取消了這次的旅行。

半夢半醒中，突然有種不祥的預感。

這，是個信號嗎？

果然。

他的通訊軟體證實了這個猜想。

他恢復健康後，準備再度前往加拿大。

在機場時，他收到封信訊息。

是孫藝熙傳給他的：我們分手吧。

喬棟看著這幾個字，不明所以，不知所措。

毫無頭緒下，他撥給最懂他們愛情的姊姊，她告訴他：「去，可能會後悔。不去，會後悔一輩子。別帶著遺憾過日子，到溫哥華找你的答案吧。」

喬棟，帶著心痛前往，帶著心碎回來。

只是，得知明確的答案後，不再猜測，反而釋然了。

藝熙來到他下榻飯店，在咖啡廳內，喬棟壓抑情緒問道：「妳還好嗎？怎麼了？」

孫藝熙一臉平靜地告訴他：「我很好。」

「為何要分手？」喬棟閉著眼，盡量讓聲音聽起來不過於激動。

「我找到更適合我的人。半年前，社區搬來一個韓國人，我們有共通的語言，共同的信仰和共同的嗜好。剛開始，我們

只是好友。前幾天，他跟我告白，我才發現，我對他產生不同感情了。」

「他知道我的存在嗎？」

「知道。他一直覺得你比他帥比他高，所以遲遲不敢向我表白。」孫藝熙面無表情地說道。

「幾年的感情，比不過幾個月的相處嗎？」 喬棟不敢相信，這個善良開朗，這個他深愛的女孩，竟然冷淡地說著分手，彷彿事不關己。

「愛情，是沒有原因。」

喬棟調整情緒，試圖挽回，然而孫藝熙冰冷不耐的神情，說明了一切。

喬棟的心痛到不能自己，原來電視上演的分開戲碼，在現實中是這麼痛楚，這麼真實。

兩人靜默，對坐無言。

　　喬棟顫抖著站了起來，「我由衷希望妳會說這一切都是玩笑，本來預計待十天，但現在似乎沒必要了。我會把飛機改成後天回台灣，這兩天會住在這間飯店，如果……如果妳改變心意，我都會在這裡。」

　　走了幾步，喬棟突然摸到西裝口袋內要送孫藝熙的戒指，他連忙折回咖啡廳，看到他不可置信的一幕。

　　藝熙趴在桌上哭泣，肩膀不停抖動。

　　喬棟靜靜地望著她，眼淚潸然落下。

　　難道，不是被分手的人，才會受傷難過嗎？

　　難道，不是在原地的人，才會心如刀割嗎？

　　爾後，喬棟還是失望了。

　　退房時，服務人員拿了張卡片給他。

　　署名是孫藝熙。

　　喬棟，

　　人生可貴，

　　祝你幸福。

　　會一輩子想你的　藝熙

　　喬棟忍不住揪心，『會一輩子想你的藝熙』，這句話在他看來，格外諷刺。

　　回台灣後，喬棟忍不住傳訊息給孫藝熙幾次，但對方不曾回應。

　　不曾。

　　幾年來，喬棟透過臉書想知道孫藝熙的消息，卻發現她的臉書已經不再更新。尋找有可能的社群網站，都找不到孫藝熙的消息。或許是內疚，或許有其他因素。

　　即使分手幾年，喬棟依然想念。

　　憑著優異成績和外國工作的資歷，工作幾年，喬棟已經當上主管，每當感恩節和四月的某天，他總是異常低落，思緒紊亂。

這幾年，對喬棟釋放好感的人有幾個。譬如，他查覺到辦公室的職員宜喜，對他有好感。從宜喜身上，他看到當年的藝熙。開朗溫暖，友善隨和，懂得傾聽，懂得禮讓。常常偷放早餐在他桌上，對他特別關心，熱心幫他籌辦生日派對，看著他時總是面帶羞赧。今天，他收到了她隱晦的告白。只是，他的心，真的能夠再次打開嗎？

當年的溫哥華，當時的楓葉情，當初的初戀心，當中的愛與苦。

如果不是那個意外，或許，喬棟和宜喜會有不一樣的發展。

這個意外是葛瑞絲。

轉學後，喬棟和她漸漸失去聯絡。

那天，喬棟一如往常到星巴克，差點撞上迎面而來的葛瑞絲。

幾年不見，葛瑞絲多了分成熟美。

兩人閒聊一下，喬棟本想離去，葛瑞絲突然說道：「問個問題，別介意。最近，你還有和藝熙聯絡嗎？」

喬棟搖搖頭。這個葛瑞絲，依然健談坦率。

「其實，今年我去了趟溫哥華，順道去找了幾個朋友，才知道你們分手了。」

「藝……藝熙過得好嗎？」喬棟假裝雲淡風情，隨口問道。

「不好。」葛瑞絲誇張地搖頭。

「她男友對她不好嗎？」 喬棟難掩擔心之情。

「男友？她沒有男友啊。聽說她和你分手後，就一直孤單一人。可能是因為幾年前家庭的變故，讓她沒心情談戀愛吧。」

「家庭變故？」喬棟大驚，這件事他從來沒聽過藝熙提過。

「好像是 2016 年吧，他爸爸經商失敗，公司變成泡影，好像還欠債。她從有錢人變成落難公主，薪水除了要生活，還要寄還給家裡。等等，藝熙沒跟你說過嗎？」

「沒有。我們本來要結婚，但是她突然在 2016 年和我提分手，說她愛上其他人……」

「奇怪,她在最需要別人幫忙時和你提分手,這太不合情理的吧?」葛瑞絲喃喃自語。

喬棟已經無法思考,似乎明白了什麼。

他留下了葛瑞絲和孫藝熙的聯絡方式:「我們保持聯繫。」

望著孫藝熙的地址,喬棟心中更堅定了。

或許她已經嫁為人婦,或許她對愛情已經放下,又或許有不同的『或許』?

猜測是人生中最浪費時間的想法。

他,要親自去了解答案。

不管結局如何,這段長達十年的感情,必須要有個最後的結果。

第四章　愛的結局

一年後

「藝熙，如果當初沒遇到葛瑞絲，我們是否就會這樣錯過？」喬棟笑道。

「應該吧。當時家中遭逢不幸，我已經沒有時間和心情戀愛，更重要的是，我不想連累你，所以才會故意說要分手。做出這個決定，我也哭了好久。」孫藝熙忍不住皺眉。

喬棟摸了摸孫藝熙的臉，說道：「難怪妳卡片上寫著『會想我一輩子』。我以為妳應該最了解我，我不是那種遇到麻煩就會抽身的人。」

孫藝熙搖搖頭：「我就是太了解你，所以才會騙你有新男友。因為，我知道你最恨背叛。所以，和你分手後，可能因為忘不了你，所以沒再愛上別人。」

「我懂。幾年來，妳一個人辛苦了。」

「與其說辛苦，更多的是孤獨和不捨吧。」藝熙來到在婚紗店門口，百感交集。

「嫁給我後，你就不孤單。誤會解釋後，你也不用愧疚和不捨了。」喬棟緊緊拉住藝熙的手，走進婚紗店。

　　經過十年的悲歡離合，喜怒哀樂，他們決定攜手共度一生，邁入結婚的殿堂。

　　喬棟突然想起幾年前在溫哥華的某個午後，葛瑞絲曾好奇的問過他。

　　「喬棟，你為何沒選擇我，而是選了藝熙呢？」

　　天之驕女的她總以為，她的美貌足以令眾人傾倒。

　　如果她是奪人心扉的火鶴，那麼孫藝熙就是鎮人心神的百合。

　　喬棟只是高深莫測的笑答：「緣分，妙不可言。」

　　這就是愛的力量。

　　這就是愛的真諦。

～ 完 ～

國家圖書館出版品預行編目資料

替身愛人／藍色水銀、安塔、林靚、雪倫　合著.—初版.—
　　臺中市：天空數位圖書　2020.02
　　面：公分
　　ISBN：978-957-9119-71-9（平裝）

863.57　　　　　　　　　　　　　　　109002046

書　　　名：替身愛人
發 行 人：蔡秀美
出 版 者：天空數位圖書有限公司
作　　　者：藍色水銀、安塔、林靚、雪倫
編　　審：白雪
製作公司：傑拉德有限公司
　　　　　新展能有限公司
版面編輯：採編組
美工設計：設計組
出版日期：2020 年 02 月（初版）
銀行名稱：合作金庫銀行南台中分行
銀行帳戶：天空數位圖書有限公司
銀行帳號：006-1070717811498
郵政帳戶：天空數位圖書有限公司
劃撥帳號：22670142
定　　價：新台幣 270 元整
電子書發明專利第 Ｉ 306564 號
※　如有缺頁、破損等請寄回更換

紙本書編輯印刷：
電子書編輯製作：
天空數位圖書公司 E-mail：familysky@familysky.com.tw　http://www.familysky.com.tw/
地址：40255台中市南區忠明南路787號30F國王大樓　Tel：04-22623893　Fax：04-22623863

Family Sky